लंगर गप्प

(लघुकथा संकलन)

डॉ.मेजर हिमांशु

BlueRose ONE.com
Stories Matter
NewDelhi • London

BLUEROSE PUBLISHERS
India | U.K.

Copyright © Dr. Major Himanshu 2024

All rights reserved by author. No part of this publication may be reproduced, stored in a retrieval system or transmitted in any form or by any means, electronic, mechanical, photocopying, recording or otherwise, without the prior permission of the author. Although every precaution has been taken to verify the accuracy of the information contained herein, the publisher assumes no responsibility for any errors or omissions. No liability is assumed for damages that may result from the use of information contained within.

BlueRose Publishers takes no responsibility for any damages, losses, or liabilities that may arise from the use or misuse of the information, products, or services provided in this publication.

For permissions requests or inquiries regarding this publication, please contact:

BLUEROSE PUBLISHERS
www.BlueRoseONE.com
info@bluerosepublishers.com
+91 8882 898 898
+4407342408967

ISBN: 978-93-5989-979-4

Cover Design: Sadhna Kumari
Typesetting: Pooja Sharma

First Edition: March 2024

समर्पित

अमृतकाल में मातृभूमि और माताजी को और उन सबकी दुआओं को, जो फरिश्तों की तरह हमेशा मेरे साथ रहती हैं।

लंगर गप्प झूठ नहीं होती, पर सच हो यह जरूरी भी नहीं। इसका मूल उद्देश्य मासूम आनन्द है। सुबूतों की ठोस जमीन की इन्हें जरूरत ही नहीं, बस मस्ती के पंख काफी हैं।

प्रस्तावना

लघु कहानियों के इस संग्रह का नाम, **'लंगर गप्प'** फौजी जुबान का एक बेहद आम शब्द है पर पूरी एक संस्कृति समेटे हुए। फौज में जहां सख्ती और अनुशासन है, वहीं लंगर गप्प में स्वच्छंदता और कल्पनाशीलता की मस्ती है। लंगर गप्प झूठ नहीं होती पर सच हो यह भी जरूरी नहीं। नाहक मनगढ़ंत भी हो सकती है। इनका मूल उद्देश्य मासूम आनन्द है, इधर—उधर की बेमतलब बात कर या यूं ही बस डींग हांक कर। सुबूतों की जमीन की इन्हें जरूरत ही नहीं, मस्ती के पंख काफी हैं। गप्पे मारना राष्ट्रीय व्यसन है और गप्पबाजी अंतर्राष्ट्रीय परम्परा।

इन किस्सों से आस पास के लोगों, जगहों और घटनाओं से समानता संयोग नहीं है, क्योंकि ये किस्से मेरी जिन्दगी की ही तरह सड़क, बाजार, अस्पताल, गांव, सरहद, संसद से होकर और जल, जंगल, जमीन को बिना छूए नहीं निकले हैं। 'लंगर गप्प' के पात्र और घटनाएं सच भी हों तो भी वो किस्से उड़ान कल्पनाशीलता के पंखों से ही भरते हैं और प्रमाणिकता के ऊंचे पायदान पर सजना भी नहीं चाहते। ये लघु कथाएं भी नहीं। किस्सागो समाज के किस्से समाज से ही बुनता—चुनता है और समाज को ही सौंप देता है, पीढ़ियों के कहने सुनने के लिए। जब से जंग है, फौज भी है, और फौज में लंगर भी। फौज पेट पर चलती है और लंगर अपने आप में एक संस्था है। वैसे, 'खाली पेट न होय भजन गोपाला,' भी है और 'देग तेग फतेह' भी।

सिक्ख समाज में विधिवत लंगर की परम्परा की शुरूआत करने वाले श्री गुरू नानक देव जी महाराज ने फरमाया कि जाति

पंथ, ऊंच नीच, अमीर-गरीब से ऊपर 'भूख' है। उनका निर्देश था कि जो भूखा है, उसे खाना खिलाओ... यही सबसे बड़ा धर्म है। गुरूनानक जी ने लंगर को मानवता, धर्म और अध्यात्म से जोड़ दिया और बिना भेदभाव लंगर की निर्मल परम्परा अविरलता से गुरूद्वारों में जारी है। समाज में किस्से-कहानियों के लंगर की परम्परा भी सतत् है और उनकी समाज में भूख भी। यह भूख आनन्द की है। सदियों से इन्होंने बिना टी.वी, किताब मानव जाति का मन बहलाया। बिना कागज-कलम किंवदन्तियों, किस्से-कहानियों ने इतिहास को संजोया और संस्कृति सभ्यताओं को बनाया। लंगर और किस्सों को कोई हरा नहीं पाया। यह हार-जीत से परे थे। किस्से बेशकीमती और लंगर की तरह हमेशा मुफ्त थे। छपी किताबों पे कीमत भी छपी, किस्सों पर ना छप पायी।

जंग, दुश्वारियां, महंगाई किस्सों को आवाम की पहुंच से दूर न कर पायीं बल्कि जंग, दुश्वारियों, महंगाई के ही नये-नये किस्से बन गए आवाम के लंगर में, बहुत बार गप्पबाजी में ही। बिना भेदभाव सामुदायिक रसोई लंगर ही की तरह कहानी-किस्सों की परम्परा भी सामाजिक सहयोग, सहकार, सद्भाव और सहभागिता से ही संभव हुई है। किस्से परचम बने, क्रान्ति भी। किस्से फतह के भी थे और दर्द के भी। किस्से लोरियां थे, मरहम भी। किस्से राजा नहीं बने, राजाओं के किस्से जरूर बने। किस्से गुलामी के भी बने पर किस्से गुलाम नहीं बने। राजा राज्य भर का, किस्से ब्रह्माण्ड तक के। किस्से भगवान के भी थे, किस्से भगवान तक बने।

मुझे कहानियां कहने-सुनने का शौक स्व0 दादा जी से लगा और भाषणबाजी का स्व0 पिताजी कॉमरेड 'सोम' से। दादा जी खासे किस्सागो थे। द्वितीय विश्वयुद्ध में अरब-अफ्रीका की उनकी फौजी नौकरी के अनेकों किस्से उनके पास थे। महाभारत के और सादी व मुल्ला नसरूद्दीन के भी। उनके किस्सों को समझने-सुनने वाले नहीं थे। यह बड़ा दर्द था। काश दादा जी

लिख डालते। पढ़ना चाहता कोई तो पढ़ लेता। पिता जी जल्दी चले गए वरना शायद वो लिख डालते। माताजी, भाई साहब ने लम्बा इंतजार किया इसलिए मैं लिख दे रहा हूं 'अच्छा बुरा।'

धन्यवाद

आभार

आभार व धन्यवाद सहयोगियों, मित्रों, शुभचिंतकों और परिवारवालों का। बहुत से पात्रों का उनके होने और मसाला देने के लिए। भतीजी दात्री का उसकी मस्ती में लेखन के कारण हुई कटौती के बावजूद मेरे कागज न फाड़ने के लिए।

क्षमा प्रार्थी हूं किताब में विलम्ब के लिए और लेखन में अनुभवी व दक्ष न होने के कारण किताब की कमियों और त्रुटियों के लिए भी।

आशीर्वाद अपेक्षित,

साभार।

डॉ0 (मेजर) हिमांशु
Whatsapp-9411883676
E-mail: vidyadaatri47@gmail.com

अनुक्रमणिका

1. लंगर गप्प 1
2. ऊंट गाड़ी 3
3. बाप का इंजिन 5
4. गीता कुरान 7
5. तरबूज (लोक कथा प्रेरित) 9
6. सांसद जी 15
7. फिरंगी 18
8. हर्निया 20
9. खाना–पखाना 22
10. भरतारी 24
11. धरना 27
12. ट्रैफिक जाम 30
13. गोल्फ कोर्स 37
14. आपा 39
15. काजू 43
16. बर्थ डे पार्टी 46
17. स्वतंत्रता सेनानी 49
18. जलपरी 51

19. जीजा जी.. 54
20. नेता जी.. 56
21. किस्सागो... 58
22. बाबा नटवर लाल..................................... 62
23. रसदार... 68
24. उग्रवादी... 71
25. आबू का नाला.. 77
26. रमजान.. 80
27. गार्ड.. 83
28. मिशनरी.. 85
29. शहद... 87
30. ड्राईवर बाबू... 91
31. चलो नरक.. 95
32. चुनावी नुक्कड़ सभा................................. 96
33. बरगद.. 99
34. रामलला.. 101
35. मिठाई... 105
36. नाज से नाज.. 108
37. समाधान.. 110
38. लोक लाज... 113
39. धर्मांतरण... 116
40. राय साहब... 121

41. कौशल विकास	123
42. खडंजा	126
43. क्रीवास	131
44. वालंटियर	136
45. बेड नम्बर	139
46. वकील नेता जी	140
47. हल्दी	145
48. पैरोकारी	147
49. मुकदमा	149
50. रेल रिजर्वेशन	152
51. दूसरे की थाली	155

1. लंगर गप्प

संसद पर हमला हुआ था। हम छह महीने से इधर-उधर राजस्थान सरहद पर थे, उसके बाद से। युद्ध की आशंका थी। आशंका के आधा साल बाद जोश कम हो चुका था, बोरियत होने लगी थी। अफवाहों की आदत सी हो गयी थी। नेता निर्णय नहीं कर पा रहे थे, रगडा फौज का लग रहा था। तप कर ही सोना बनता है और दब कर हीरा। हमें हीरा-सोना बनाया जा रहा था। जून का महीना, बला की गर्मी!

गर्मी और दस्त सम्बन्धी रोगों की लाईन लग गयी थी। वहां कई सांप जहरीले हैं, करेट खासकर। सांप के काटे के भी कई केस हुए। तब हम महाजन फाईरिंग रेंज में थे जब डिवीजन हैडक्वाटर्स में मीटिंग हुई। काम्बैट स्ट्रैस और रेगिस्तानी मेडिकल समस्याओं सम्बन्धी हमारा भी सत्र था। सत्र समाप्ति के बाद लंच पर अनौपचारिक चर्चा चल पड़ी। जवान हो या अफसर, छुट्टियों और परिस्थितियों का रोना रोना हर फौजी का जन्म सिद्ध अधिकार है।

वहां पास ही एक जगह है, नाम है 'लाठी।' पास एक और जगह का नाम 'बाप' भी है। बातचीत में जिक्र आया तो दक्षिण भारतीय कर्नल क्यू ने कहा, "अजीब नाम हैं, बाप-लाठी!" मुझे जाने क्या मसखरी सूझी। मैंने मजाक में पर गम्भीरता लाते हुए कहा, "सर आपको पता नहीं उस गांव में गांधी जी खुद आए थे। बापू के नाम से गांव का नाम 'बाप' पड़ा। सभा में उनकी लाठी गुम गई थी तो पास गांव के लोगों की लाठी बापू ने स्वाकारी। तब से उस गांव का नाम 'लाठी' है।"

दो मिनट बाद विषय बदल गया, बात आई गई हो गयी। शाम मीटिंग सम्पन्न हुई और हम सब अपनी अपनी लोकेशन्स की ओर रेगिस्तान में बिखर गए। घटना के एक महीने बाद हमारी लोकेशन पर ब्रिगेड से सिग्नल के एक मेजर साहब आए। दोपहर लंच के दौरान मैस में मुलाकात हुई। कुछ डॉक्टरी सलाह भी चाहते थे। बंगाली मानुस खासे बातूनी थे। उनका ज्ञान टैगोर से मार्क्स तक, फैला बिखरा पड़ा था। असम्भव है भारत में देश–दुनिया की बात हो और गांधी बाबा का जिक्र न आये!

जिक्र आया तो वो एकदम उचक कर बोले। बोले क्या सार्वजनिक घोषणा ही कर दी, ''फाईरिंग रेंज के पास जो जगह है 'बाप', वहां गांधी खुद आये थे। सभा में लाठी गुम गई तो पास के गांव से मिली। इसीलिए उन गांव का नाम 'बाप' और 'लाठी' है।'' मैं अवाक!

देश में गांधी बाबा के नाम पर सब कुछ चल जाता है। सबकुछ मतलब सबकुछ। गप्प तो खैर दुनिया भर को पसंद है।

अब डरता हूं वहां कोई गांधी बाबा का स्मारक न बनवा दे फौजी अंदाज में!

2. ऊंट गाड़ी

राजस्थान में ऊंट गाड़ी आम थी। अब कम है। सड़के 20 साल पहले भी अच्छी थी और कारें तेज दौड़ती थी। अक्सर दुर्घटना होती थी। कुछ ऊंट गाड़ियां पीछे लालटेन टांग कर चलती थी रात में एतिहातन। रेत में गाड़ी की छाया पड़ती और उस छाया में चलता मिलेगा आपको एक कुत्ता। उस कुत्ते के भौंकने से जाग रहती है, रखवाली भी। गाड़ी ऊंट ही खींचता है।

फौज हजारों साल से है। उसकी कवायद, अभ्यास और तरतीब तय है। कमांड शृंखला, जिम्मेदारी की स्पष्टता और सरल सीधे आदेश उसकी खूबसूरती है। इसी खूबसूरती के कारण फौज सामान्य लोगों को असाधारण बनाती है और असाधारण नतीजे भी देती है। इस खूबसूरती को जाने–समझे बिना छेड़छाड़ फौज का बंटाधार ही करती है। हर सिखलाई में पैसा और समय लगा है।

हर अनुभव पसीना बहाकर, कहीं खून बहाकर भी हासिल हुआ है। इसको नजरअंदाज करना घातक हो सकता है।

एक इवेन्ट था और वो नुक्ताचीनी में किंग थे। हर चीज फन्ने खां करना चाह रहे थे। फौजी नहीं थे और कड़ी मेहनत कर रहे थे फौज को बिना समझे। फौज इवेन्ट नहीं है, जीवन शैली है। पल्टन में जवान राजस्थान से थे। जवान और अफसर सब परेशान थे इवेन्ट से नहीं, 'किंग कुमार' से। फौज जंगल में मंगल करती है, इवेन्ट क्या चीज है। त्रस्त सब थे, कह कोई पा नहीं रहा था। हम मेडिकल वाले थे। हमारा काम ही अलग था। किंग कुमार जी ने ज्ञान दिया तो सूद समेत हमने भी दे दिया ज्ञान।

यह वाकया लोगों के लिए ठंडी हवा के झोंके जैसा था भरी उमस में। एस एम (सूबेदार मेजर) साहब मिले तो बोले, "साहब आपने राजस्थान काटा?" मैंने बताया कि हमारे पूर्वज राजस्थान सीकर से ही कई सौ साल पहले उ0प्र0 आए थे। वो शेखावटी के ही थे। खुश हो गए। ऊंट गाड़ी का किस्सा सुनाया और पूछा, "साहब जाणो गाड़ी की छाया में चलने वाला कुत्ता के सोच्चे?" मैंने जानने को गर्दन हिलायी। वो बोले, "कुत्ता सोच्चै गाड्डी का सारा बोझ तो मैंने ही ठा रक्खा!"

3. बाप का इंजिन

बात हमारे पिताजी के स्कूल के जमाने की है। उनको पढ़ाते थे पंडित जी मास्टर हरिद्वारी लाल। खुद व्याकरण के बड़े पक्के थे और पढ़ाई पक्की वाली कराते थे व्याकरण से और 'खमची' से। 'खमची' का नाम था 'बाल सुधारनी।' जिन्हें न पता हो जान लें, खमची लचकदार होती है, जोर से मारने पर टूटती नहीं और डण्डे से कहीं ज्यादा दर्द देती है। खमची सबसे अच्छी शहतूत की बनती है। मास्टर जी द्वारा मार–कुटाई को सामाजिक मान्यता प्राप्त थी और इस लाइसेन्स का लाभ वो कभी भी कहीं भी दे देते थे। उनके हिसाब में विद्यार्थी के चार गुण थे– अल्पहारी, कागचेष्टा, वकोध्यानम्, श्वान निद्रा।

भोजन भट्ट बसेसर में दो गुण पक्का थे और ये दो गुण बचे दो को मटिया मेट कर देते थे। खाने पर ध्यान में वो बगुले को मात दे सकता था और उसे पाने के लिए कव्वे को। भोजन भट्ट उसे यूं ही नहीं कहते थे। खाना वो कई आदमी बराबर अकेला खा सकता था। उसे अकेले शादी ब्याह में न्यौतना 'चूल्हा नौत' बराबर ही था। इतना खाने के बाद कहीं भी कभी भी नींद आना, स्वाभाविक था। उसकी गलती कतई नहीं थी। इस प्रक्रिया में मास्टर जी के दो गुण कुचले जाते थे और कक्षा में सोते बसेसर मास्टर जी से अक्सर पिटते पर बसेसर फिर भी मस्त मौला भोजन भट्ट। बसेसर पिता जी से उम्र में दो–तीन साल और साईज में कई गुना बड़े थे। गांव के स्कूल में उन दिनों कुल जमा दो–तीन कमरे थे। कई क्लास एक ही मास्टर जी, एक ही वक्त में एक ही जगह, मतलब खुले में भी कर लेते थे। बसेसर को कक्षा में जगाए रखने का जिम्मा अलग–अलग बच्चे को मिलता था। वो बैठे–बैठे भी ढेर हो जाता था बगल वाले पर।

पंडित हरिद्वारी लाल जी ने इसका मुंडन या चूडाकर्म संस्कार करा डाला। बामणो का बालक था, सोचा होगा सर मजबूत होगा और बुद्धि तेज होगी। चोटी या शिखा भी रखी गयी। शिखा सहस्रार के स्थान पर नाप कर रखी गयी कि सहस्रार चक्र जागृत कर, सुषुम्ना नाडी साध, बसेसर को शरीर बुद्धि मन पर नियंत्रण मिले।

सहस्रार चक्र के आकार अनुसार शिखा या चोटी का आकार भी गाय के खुर का रखा गया ध्यान से। मान्यता है माथे पर तिलक और सिर पर चोटी से बिगड़ा राहु सुधर जाता है। राहु सुधरता होगा, बसेसर नहीं सुधरे। सहस्रार मस्तिष्क का केन्द्र बताया गया है और उससे 2–3 इंच नीचे आत्मा का स्थान मास्टर जी की आत्मा कीलस गयी बसेसर की खाने में रमी रही। उपनयन संस्कार भी हुआ कि बसेसर 'द्विज' हो जाए। मास्टर जी की खमची, जो बल्ब न जला पायी, यज्ञोपवीत या जनेऊ का धागा क्या जगाता?

गुरू जी ने पढ़ाया कि जेम्स वॉट ने 'भाप' का इंजन बनाया और बसेसर से पूछा तो उसने बताया कि जेम्स वॉट ने 'बाप' का इंजन बनाया। मास्टर जी ने खमची उठा ली। पिटाई भी बसेसर की नींद रोक नहीं पायी। दोपहर के खाने की कक्षा के बाद बसेसर ढेर मिले। गुरू जी ने चोटी में पतली रस्सी बांध पेड़ की डाल से बांध दी। बसेसर की हर क्लास अब पेड़ के नीचे और चोटी पेड़ की डाल से बंधी। गर्दन सीधी एकदम।

मास्टर जी को भी जेम्स वॉट की सी अनुभूति हुई सिर्फ तब तक जब तक कुछ ही दिन में हठयोगी बसेसर ने सीधी गर्दन, बंधी चोटी ही सो जाने का अभ्यास, सफलतापूर्वक न कर लिया। उसे अब गर्दन ढलकने का भी डर नहीं है... बस कभी–कभार सोते–सोते मुंह से लार जरूर टपकती है। लार पर उसका भूख ही की तरह नियंत्रण नहीं, सो उसकी गलती भी नहीं।

4. गीता कुरान

गन्ना किसानों के बकाया पर बड़ा धरना हुआ सरदार जी के मुकदमा जीतने के बाद। सरदार जी जुनूनी मिशनरी। 4–5 साल से हम साथ थे सो कुछ लोग हमें भी जानने लगे। उनकी उपलब्धि बड़ी थी। किसान को रोज–रोज धरने, रैली से अलग कुछ नीतिगत हासिल हो रहा था कोर्ट से सरदार जी के कारण। एक–दौ रैली हो चुकी थी, 4–5 प्रस्तावित थी। सरकार पर दबाव बन रहा था। लगा किसान को भी आखिर बात समझ आ रही है। तभी हुआ मुजफ्फरनगर दंगा। दंगों ने गन्ना, किसान और हकदाम को पीछे धकेल कर नेताओं के पसंदीदा खेल 'हिन्दु–मुसलमान' को आगे ला दिया, जाने–अनजाने। जिनकी फसल नसल बर्बाद हो रही थी, उन्हें ही परवाह नहीं थी तो दंगों की आंच पर रोटी सेकने वाले नेता ही क्यूं फिक्र करते। चूल्हे की फिक्र करने वाले नेताओं की फिक्र तो जनता ही नहीं कर रही थी।

चौधरी साहब से परिचय गन्ने का था पर बात वो घर–दंगे पर करने आए थे। नेताओं, पार्टियों और चुनावों की चर्चा देश का सबसे बड़ा स्वरोजगार या शौक है। मैं उन्हें बार–बार गन्ने पर ले जा रहा था, वो मुझे दंगा समझा रहे थे। बताने को घुमा–फिरा कर उनके पास कुल जमा तीन बात थी... तीनों मुसलमानों को लेकर। एक वो शांति से नहीं रहते, दुनिया भर में देख लो। दूसरी वो आबादी बढ़ाते हैं बेहताशा दुनिया पर कब्जा करने की नीयत से। तीसरी, पहली दोनों को मिलाकर 'लिव जिहाद।'

मैंने जानना चाहा कि उन्हें यह कहां से पता चला। उनका जवाब था, "कि ये तो सारे जमाने कू पता। उनकी मुकद्दस किताब में लिखा हुआ।"

मैंने पूछा, "आपने खुद पढ़ा उनकी किताब में।" उनका जवाब लाजवाब था, "ऐसी किताब पढ़नी ही क्यूं जिसमें यूं सब लिखा!"

इधर-उधर की बात के बाद मैंने उनसे पूछा कि श्रीमद् भागवत गीता के बारे में उनकी क्या राय है?

जवाब आया, "ज्ञान का भण्डार है!"

मैंने पूछा, "आपने पढ़ी?"

उन्होंने फरमाया, "ईमानदारी की बात डाक्टर साहब, पढ़ी तो भगवद् गीता भी नहीं!

चुनाव गन्ने नहीं दंगे पे हुआ। दंगे की आग में गीता-कुरान दोनों जली। पढ़ी ही नहीं जाती थी।

5. तरबूज
(लोक कथा प्रेरित)

नदी किनारे का गांव था। अपने ही नहीं आस–पास के जिलों में भी उस गांव के तरबूजों का हल्ला था। मण्डी में तरबूज गांव के नाम से ही बिक जाते थे। झटपट नाम, दाम और ग्राहक मिलता था गांव के तरबूजों की फसल को कई पीढियों से। कहा जाता था जैसी गांववालों की आपस में मिठास थी, वैसी ही तरबूजों में।

बच्चे घर के नहीं, गांव के होते थे। उस गांव में बच्चे किसी भी खेत से तरबूज खा सकते थे बिना रोक–टोक। बस शर्त एक थी कि सबसे मीठे तरबूज के बीज बच्चों को इकट्ठा कर किसान को सौंपने होते थे। तरबूज की बेलों पर भी कोई बंदिश नहीं थी, किधर भी निकल लेती गांव के बच्चों की तरह। खेत में या फसल में बच्चे कहीं भी हो सकते थे, पूरे गांव में दौड़ते जल सांपों की तरह या मेंढकों की तरह फुदकते। जल सांप चूहे खाते थे और मेंढक। सांपों ने कभी किसी को काटा नहीं किसी ने उन्हें मारा नहीं सिवाय मोरों के। मोर दर्जनों के हिसाब से आते और सांपों को भी खा जाते। मोरों को गांव वाले भगाते थे खेतों से। मारा

किसी ने नहीं। कोई पशु मर जाता तो गिद्ध मण्डराते और जानवर ऐसे चट कर जाते जैसे बच्चे तरबूज। केचुंआ, मेंढक, सांप, मोर, गिद्ध, तरबूज कभी खत्म नहीं हुए फिर भी। छोटा सा गांव था और सीधी सी जिन्दगी। बस जिन्दगी में आनन्द बहुत था। क्यों था यह भी उन्हें नहीं पता था। त्यौहार, शादी-ब्याह मिलजुल कर मनाते थे। झगड़ा कभी न हुआ हो, वैसा भी नहीं था, पर मिल-बैठकर सब रूठे को मना लेते थे। सबके सबसे 'तेरा बैंगन मेरी छाय' के सम्बन्ध नहीं होते थे, पर गांव में किसी का किसी से कोई खास बिगाड़ भी नहीं था।

उस बूढ़े से सब सलाह लेते थे गांव में। उसे अब कम दिखता था और वो अनाथ बच्चा उसके साथ चलता था। बच्चा चुप रहता था, बूढ़े को बहुत प्यारा था। बूढ़े की बडी धाक थी। उसने जवानी में डकैतों से अकेले लोहा लिया था और फसलों की भी अच्छी जानकारी थी। छू कर और सूंघ कर कई बात अब भी बता देता था। बच्चे को वो सिखाता रहता था और बच्चा आंखों देखी बताता रहता। बहुत छुटपन में ही उसके मां-बाप की मौत महामारी में हुई, बताते थे। बच्चा हमउम्रों के साथ भी खेलता था, पर उसे बूढ़े का साथ ज्यादा पसन्द था। बूढ़े का कोई था नहीं पर ठीक-ठाक खेत थे। खेत में गांववाले मदद कर देते, खासकर गांव का सबसे बड़ा किसान, जिसका बेटा बाहर पढ़ता था पर गांव आता रहता था।

शहर की कुछ कम्पनियां जिले के गांवों के खेती उत्पादों का सर्वे करने आयी। उन्होंने फसल दुगनी करने, नई तरह की

फसलों, मशीनों, तरीकों की भी बातें की। उन्होंने तरबूजों की खेती नई तरीके से करने और उसे अधिक मुनाफे से बेचने के नये गुर सिखाने का गांव को प्रस्ताव दिया। गांव के पास आनन्द और तरबूज की मिठास थी और कम्पनी के पिटारे में 'मुनाफा'। नई बात की उत्सुकता थी पर गांव आराम में था और संतुष्ट भी। तरबूज की फसल का पहले से ही नाम था और अच्छा दाम भी, लिहाजा गांववालों ने रूचि कम ही दिखाई। गांव वालों को शहर की भाषा भाव की समझ भी कम थी।

बड़े किसान के शहर जाकर पढ़ने वाले बेटे को इस भाव भाषा की कुछ समझ थी, उसके मित्रों को भी। नवजात शिशु का एक–आध वर्ष तक दिव्य स्वरूप से सम्पर्क रहता है, दुनियादारी तो वो दुनिया में आने के बाद ही सीखता है। गांव का आनन्द उस बच्चे का सा आनन्द था। कम्पनी ने बड़े किसान के बेटे से सम्पर्क साधा। बेटे की कोई खास रूचि नहीं थी पर उसे बाहर के लोगों ने महत्ता दी, यह उसे अच्छा लगा। पिता को भी बेटे की पूछ होने पर गर्व हुआ। पिता ने पंचायत बुलाई पर गांव वालों ने गर्मजोशी नहीं दिखाई। बूढ़े ने तो खारिज ही कर दिया। बूढ़े की देखा देख गांव वालों ने भी। बाप सहजता से गांव वालों के साथ था पर बेटे का निरादर दिखा तो बाप को भी खला। चर्चा भर ही ढंग से हो जाती तो शायद बात न बढ़ती पर चर्चा भी ठीक से न हो पायी। संवाद की कमी विकृति ला देती है संबंधों में।

लड़का भी शायद कोई खास रूचि न लेता और भूल जाता दो चार दिन में पर अब बात मूंछ पर आ लगी। प्रकृति ने तो दिमाग को मूंछ से ऊंचा ही स्थान दिया है। पर बात मूंछ में न अटक जाये तो ही तो दिमाग तक पहुंचे। लड़के ने मामले को चुनौती की तरह लिया जबकि उसे इसकी जानकारी और कौशल भी नहीं था। कहते हैं, 'जिसका काम, उसी को साजे, और करे तो डंडा बाजे'। सो बजा। बाप मजबूर। दिल में खटास थी, बड़ा किसान होने का दबा–छिपा मरोड़ भी था। लालच भी जगा।

लड़का मेहनती था। यह उसके साथियों और उसे अपनी धाक जमाने के अवसर जैसा लगा। गांव के तरबूज जिला मण्डी में बड़ा ब्राण्ड थे ही, सो कम्पनी ने भी पैसा लगा दिया। नये बीज, खाद, कीटनाशक, मशीन सब आ गए। गांव वाले नुकसान न करें, कम्पनी ने तार खिंचवा दी खेत के चारों ओर। सीधा रास्ता बन्द। कम्पनी धन्धा जानती थी, गांव नहीं। कुछ बच्चों ने उत्सुकता या आदत से तार फांदने की कोशिश की तो चोट लगी और कम्पनी वालों ने दुत्कारा–पीटा अलग। गांव वालों ने भी कम्पनी के खिलाफ तारबन्दी कर दी रोष में। बूढ़े ने समझाने की कोशिश की पर गुस्सा बुद्धि हर लेता है। भीड़ गुस्से में तो बुद्धिमान या शुभचिंतक को भी नहीं बख्शती।

इसी दौरान लालच में कुछ और किसानों ने भी कम्पनी से हाथ मिला लिया। अब गांव बंट चुका था। रास्ते नपने लगे। मारपीट हुई और फिर मुकदमा फौजदारी, थाना कचहरी। गांव का पैसा थाना कचहरी जाने लगा। खेती भूमि भी कम हो गयी। जहां सब सबका काम देखते थे, वहां अपना भी नहीं देख पा रहे थे। उत्पादन घटा, गुणवत्ता भी। खेती का खर्चा बढ़ गया था और साथ बैठने का समय घट गया था। सहकार, सामूहिक उद्यम और पंचायत कमजोर हुए। बच्चों की आजादी, खेलने का मैदान, आनन्द, भाईचारा, प्रेम सब छिन गये। आज तक जरूरत नहीं पड़ी थी पर पहली बार फसल की गुणवत्ता और बिमारी के लिए बाहर से विशेषज्ञ टीम की सेवा ली गयी। खर्चा और बढ़ा। गांव के जीवन में व्यवस्तता बढ़ी, आनन्द घटा। बढ़ा थाना कचहरी के दलालों का गांव में रूतबा! कैमिकल, खाद, दवाई, कीटनाशकों का जहर मिट्टी पानी से गांववालों के शरीर तक पहुंच गया। कभी न सुनी जाने वाली बिमारियां गांव वालों को हो रही थी। महंगे इलाज ने कई घरों की कमर तोड़ दी। जहां सारे गांव के सुखी रहने के हवन होते थे, उसी गांव में अब बिमारी से बचने की प्रार्थना होती और कुछ एक–दूसरे की बर्बादी की मन्नतें भी

मांगने लगे थे। उस अनाथ बच्चे को किसी ने तरबूज के लिए पीट दिया।

झगड़े मूल रूप से पैसे, पानी, जमींन और मूंछ के ही थे पर उस दिन झगड़ा हिंसक हुआ। पंचायत बैठी। बूढ़ा भी मौजूद था। आस–पास के इलाके में अब गांव की वो प्रतिष्ठा नहीं रही थी। आपसी झगड़े गांव में अब आम बात थी। दस गांव के सरपंच ने यह कड़वी बात पंचायत में कह दी। बूढ़ा अनाथ बच्चे की पिटाई से आहत था और पंचायत में बच्चों को भगवान का रूप बता रहा था। भगवान के अपमान से गांव को चेता ही रहा था कि एक ट्रक पंचायत में आ खड़ा हुआ। जिस गांव के तरबूज मण्डी व्यापारी खेत से उठाने को तैयार रहते थे, उस गांव के तरबूजों का ट्रक मण्डी में बिका नहीं था। कम्पनी वाले ट्रक को सीधे लाकर पंचायत में खड़ा कर दिये और लगे गांव वालों को निकम्मा मनहूस बताने।

बूढ़ा तमतमा कर उठा, कुल्हाड़ी उठाई और कम्पनी की तारबंदी तोड़ने लगा। कम्पनी गार्ड ने हड़बड़ा कर बेंत चला दी बूढ़े पर और बूढ़ा धड़ाम से जमीन पर। उस अनाथ बच्चे की ऐसी चीख निकली कि सारा गांव सहम गया। फिर तो कम्पनी ही नहीं, सारे गांव की तारबन्दी हटी। खुद गांव वालों ने हटायी। बड़े किसान में ग्लानि थी और बेटा शर्मिन्दा। मूंछ क्या, नाक कट चुकी थी। वो सबसे आगे रहे। शुरू से खिलाफ रहे बूढ़े को थोडी देर में होश आ गया। होश गांव वालों को भी आ गया था। खून बहा था और दर्द था पर बूढ़ा खुश था। डकैतों से उसके अकेले जवानी में लड़ने वाली धाक मानो गांव में फिर ताजा हो गयी थी। कम्पनी के मुलाजिम भी शर्मिन्दा थे। कम्पनी को मुनाफा भी अब नहीं था। खतरा जरूर था।

गांव वालों ने तार तोड़ी, बंधा तोड़ा, पानी जोड़ा, गांव के जानवरों ने बहुत वक्त बाद घूम कर नहीं, सीधे जाकर पानी पीया, पानी में लोट लगायी। बच्चे खेतों में दौड़े 'आजाद'। गांव

में यह उत्सव है सामाजिकता और सामुदायिकता की वापसी का। गांव में आनन्द लौटा, समृद्धि भी। हवा, जमीन, पानी, शरीर व दिमाग का जहर घटा, बिमारी घटी, स्वास्थ्य बढ़ा। सांप वापस आ गए हैं मेंढक, चूहे खाने और मोर भी सांपों को खाने।

गांव अब खुशहाल है और बच्चे फिर कहीं से भी कोई भी तरबूज खा सकते हैं। तरबूजों का स्वाद और गांव के लोगों में मिठास लौट आयी हैं।

6. सांसद जी

वो गांव प्रधानी का चुनाव हार गए थे। आजकल राज्य की एक छोटी पार्टी के बड़े नेता के पिछलग्गू हैं। जिन्दगी का लक्ष्य ब्लाक प्रमुख बनना है क्योंकि उनके समधी जी हैं। समधी जी को सब 'प्रमुख साहब' 'प्रमुख साहब' बोलते हैं, पहचानते हैं। यहां जमीन-जायदाद पुरखों की सब है, बस समाज में पहचान नहीं है। सीधे सरल हैं। पर्सनैल्टी भी खास नहीं। जमीन-जायदाद ठीक थी सो खास पढ़े नहीं। पढाई में कोई खास थे भी नहीं। किसी खेल में भी नहीं। यहां तक कि किसी ऐबदारी में भी नहीं। पहचान की कमी खलती है। सो पहचान खरीदनी थी। इसीलिए प्रधानी लड़ गए। मोटा पैसा फूंके और तबियत से हारे। पहचान बनी भी तो मसखरे की गांव में। नाम पड़ा ए.टी.एम. बाबू। सब चूना लगाए तीन महीने।

राज्य की छोटी क्षेत्रीय पार्टी के बड़े नेता जी उर्फ दद्दा 30 साल से संघर्षरत हैं। परिचय सबसे है पर उपलब्धि खास नहीं। सम्पर्क मौके पर काम नहीं आते और किस्सों का किसी के पास वक्त नहीं। भाग्य ने करवट ली। बिल्ली के भाग्य से छींका फूटा। राष्ट्रीय पार्टी की राज्य की बड़ी पार्टी के नेता से ठन गयी, सो गठबंधन टूट गया। अब राज्य में शुरू हुई छोटे दलों की समेट बटोर। लोकसभा चुनाव सिर पर था। समय कम, वातावरण निर्माण जरूरी। जो राष्ट्रीय दल पूछते नहीं थे, अब ढूंढ रहे थे। एक ही वक्त दोनों पार्टियों से मोलभाव चल रहा था। जिस पार्टी की देश में हवा बन रही थी, वो खींचतान कर दो-तीन सीट दे रही थी। छोटे दल के मुख्य नेता को मनचाही सीट बाकी बड़े दल के हिसाब से। छोटे दल के अपने दद्दा की सीट अटक गयी। लोगों ने समझाया हवा है ज्यादा महीन न बांचो बस कूद

पड़ो कहीं से भी। प्लॉट बेच कर ए0टी0एम0 बाबू एकाउन्ट में 2–4 करोड़ डाल प्रमुखी की जुगत में सम्बन्ध बनाने में पूरे सक्रिय थे। गाड़ी–घोड़ा सेट था, दौड़ भाग पूरी थी दद्दा के साथ। राजनीति संभव और संभावनाओं का खेल है। दद्दा 30 साल में न समझ पाए। भड़क गए, रानी रूठेगी राज खोयेगी। दद्दा रूठ गए थे। टिकट था, लेने वाला नहीं।

वॉक आऊट के एन वक्त पर आवाज आयी, ''जब कौन्हू तैयार नाही तो हमहूं लड़ लेब।''

आवाज के स्रोत में ए0टी0एम0 बाबू खड़े थे। सब घूरे तो वो घबराए। बोले, ''हम दावेदारी नहीं कर रहे हैं पर टिकट बरबाद काहे करें।'' बात सीधी–सपाट पर मौके पर मार्के की थी। ए0टी0एम0 बाबू पर तैयार पैसा भी था। फिर जाने–पहचाने विश्वासनीय थे। बात घर के अन्दर की थी और जोर–जबरदस्ती की बिल्कुल नहीं। पार्टी को फण्ड की दरकार थी। पार्टी ने चन्दा पकडा, ए0टी0एम0 बाबू ने टिकट।

राष्ट्रीय पार्टी के बड़े नेता की हवा थी और इलाके की 8–10 सीटों की चुनाव में एक ही सभा हुई। ए0टी0एम0 बाबू 13 नम्बर दंडवत् प्रणाम मंच पर ही राष्ट्रीय नेता जी के चरणों में लगा दिए। सबने देखा। राष्ट्रीय नेता जी हड़बड़ा कर उठाए। लोगों ने बताया प्रत्याशी हैं। पूछे कि चुनाव कैसा चल रहा है? ए0टी0एम0 बाबू साफ–साफ बोल दिए, ''वोट सब आप ही के नाम पर पड़ रहा है। दद्दा, नेताजी लोग 2–3 बजे रात तक जागते हैं हम तो 11 बजे ठाठ से सो जाते हैं।'' नेताजी की हंसी छूट गयी, बोले, ''एक हफ्ता तुम भी जग लो।'' बाबू बतला दिए, ''आप समझे नहीं। सब आप ही के नाम पर हो रहा है। हम अपना थोबड़ा काहे दिखाऐं।''

अगले दिन के अखबारों में ए0टी0एम0 बाबू की राष्ट्रीय नेताजी के साथ ठहाकों की तस्वीर थी, मानो पुरानी पहचान हो। बचे पांच दिन के प्रचार में बाबू सिर्फ एक बात पर अड़े रहे कि

औरों को टिकट मिला है, उन्हें राष्ट्रीय नेता जी पास दिए हैं, संसद जाए खातिर।

और प्रधानी हारे ए0टी0एम0 बाबू पहुंच भी गए संसद, ढाई लाख वोट के अंतर से।

30 साल के तजुर्बे वाले दद्दा सिर पीट लिए।

7. फिरंगी

दादा थे शिकार और घुमक्कड़ी के शौकीन। बढ़िया निशानेबाज और बास्केटबॉल खिलाड़ी। पिताजी केन्द्रीय कैबिनेट मंत्री थे और दादा नेता नगरी से कोसों दूर भागने वाले। फिरंगी भारत में राजस्थान, पहाड़, समुद्र और धर्म नगरियां घूमने आते हैं। राजस्थान व अन्य स्थानों को घूमने के लिए कई अनुमति लेनी होती थी, उससे पर्यटन प्रभावित होता था। घमुक्कड़ी दादा का शौक था और आधी टूरिज्म इण्डस्ट्री में दादा के मित्र। दादा कोट–पैन्ट में खुद भी अंग्रेज ही लगते थे। धोती–कुर्ते–साफे में दादा थे राजस्थान और राजपुताना के साक्षात् दर्शन। राज था, दादा का साथ था, सो अर्जी लगायी। फायरिंग रेंज में अचूक निशाना लगाना था दादा का शौक और नेतागर्दी से दादा को थी कोफ्त। सब जानते थे। घुमक्कड़ी और दोस्ती का मामला था सो फिल्डिंग लगायी गयी।

जिरोईंग एक बड़े मंत्री जी पर हुई। डोकरा राज्य से सांसद था। सीनियर भी। स्वतंत्रता सेनानी और जोर का धमाकेदार था। पढ़े नहीं, गढ़े हुए थे। 15 मिनट मिला टूरिज्म इन्डस्ट्री के

शिष्टमण्डल को। मीटिंग आवास पर तय हुई। शिष्टमण्डल दादा के साथ तय समय पर पहुंच गया। लॉन में मूढे लगे थे। मंत्री जी भी बाहर ही लॉन में थे। सीधे बुला लिया। 'राम राम', 'श्याम श्याम' के बाद मुद्दा पूछा। इण्डस्ट्री विशेषज्ञ लगे बड़े–बड़े चमकदार फोल्डर लेकर, ग्राफ और आंकड़े समझाने। समझाने वाले की अंग्रेजी बहुत उम्दा थी। उसका इधर जैसे–जैसे अंग्रेजी का स्टैण्डर्ड बढ़ गया, उधर मंत्री जी की नजर घड़ी की ओर बढ़ गयी। 8–10 मिनट गुजरे होंगे... दादा की नजर डोकरे की नजर से मिली और पानी में जाती भैंस दिख गयी।

माजरा समझ दादा ने तुरन्त मोर्चा सम्हाला। दादा ने बागडोर हाथ में ली और मंत्री जी ने सांस। दादा ने समझाया कि कैसे विदेशियों के घूमने आने से बालकों की रोजी–रोटी चल जाती है। विदेशियों का आना–जाना आसान होगा तो धन्धा बढ़ेगा। दादा ने फरमाया, ''फिरंगी पावणा न बिना रोक–टोक घुमण फिरन का इंतेजाम हो जावे तो म्हारे टाबरा न धंधों घणो चोखों चालयो। अंग्रेज अठा री चीजा का दो का दस दाम देवेला।'' अंग्रेज और अंग्रेजी के सताये स्वतंत्रता सेनानी मंत्री जी के चेहरे पर चमक आ गयी। चहक कर बोले, ''इब ठाकर के टाबर ने समझायी मन्ने सही बात। अंग्रेजां न ठगबा कि नीति बनाबो चावहो! अंग्रेजां न म्हारे देश को लूट्टा कई सौ साल। जाओ लूट्टो अंग्रेजों को अंग्रेजी मा।''

8. हर्निया

उन्हें हर्निया की समस्या थी काफी वक्त से। बड़ी मुश्किल से ऑपरेशन को तैयार हुए थे। अब एकदम जल्दी से ऑपरेशन कराना चाहते थे। ऑपरेशन कराना भी हमारे मेडिकल कॉलेज के सर्जरी विभाग के जाने-माने सर्जरी विभाग के हेड ऑफ डिपार्टमेण्ट से, जिनसे हर कोई चाहता था। भेड़ चाल। मैं मेडिकल कॉलेज में पढ़ता था और इसीलिए उन्होंने मेरे से सम्पर्क साधा गांव के हवाले से। गांव के सब चचा, ताऊ, बाबा होते हैं। ताऊ जी मान लेते हैं क्योंकि हमारे स्वर्गीय पिता जी से बड़े दिखे। वैसे गांव का आदमी आजकल बूढ़ा ज्यादा जल्दी दिखने लगता है।

ऑपरेशन भले बड़े डॉक्टर साहब के नाम पर हो लेकिन ओ०टी० वालों को मालूम ही था कि ऑपरेशन यूनिट के अन्य

डॉक्टर ही करते थे उनकी निगरानी में। सीनियर रेजीडेन्ट डॉक्टर हमारे होस्टल में रहे थे और अच्छे परिचित भी थे। बॉस का हाथ भी साफ था और पट्टी तक मरीज की खुद देखते थे ऑपरेशन के बाद। जल्दी थी तो मैंने उनका नाम सुझाया। मैंने समझाया उन्होंने समझना ही नहीं चाहा। वो बड़े डाक्टर साहब के नाम पर अड़े रहे। किसी और से पता चला कि वो गांव में कह रहे थे, ''करा सकै तो करा दे, बहाने ना बनावे।'' सीनियर रेजीडेन्ट डॉक्टर ने बड़े डॉक्टर साहब की यूनिट में बोलकर हफ्ते बाद की तारीख दिलवा दी। हर्निया का सामान्य सा ऑपरेशन था। महीने की वेटिंग थी वरना। बॉस ने हॉस्टल की मित्रता निभाई, ताऊ को चैन मिला और हमारी जान छूटी।

जान मगर छूटी नहीं। गांव का आदमी खुफियागिरी का बहुत शौक रखता है। ताऊ लग गए जासूसी पर सीनियर रेजीडेन्ट की। उनसे ही काम हुआ था और वो मिल भी जाते थे अस्पताल में। मिल क्या जाते थे, अस्पताल ही मानो बॉस का घर था। बॉस को दो ही शौक थे, मरीज और नर्स। दोनों अस्पताल में। कमरे पर तो वो सिर्फ नहाने और कपड़े बदलने जाते। पढ़ाते अच्छा थे, व्यवहार भी अच्छा था। जूनियर बहुत पसंद करते थे। बिना ड्यूटी भी केस देख पढ़ा देते। ताऊ 'करमचन्द जासूस' ने तीन दिन में सारी कुण्डली खंगाल डाली। सब को सब पता था पर ताऊ उम्र और गांव के नाते इशारों में ही कई दिन से बतला रहे थे। साफ–साफ बोल नहीं पा रहे थे। मैं समझ कर भी चुप था।

आखिर मैंने ही साफ–साफ बताने को कहा तो भी घुमा कर बोले, ''भाई यू डाक्टर अलग तरीके का।''

मेरा सब्र जवाब दे चुका था। मैंने झल्ला कर कहा, ''ताऊ जी अगर हर्निया का ऑपरेशन कराना है तो इनसे बढ़िया डॉक्टर नहीं है और अगर बेटी ब्याहनी है तो आप जाने!''

ताऊ ने ऑपरेशन ही नहीं करवाया।

9. खाना–पखाना

बड़े बाबा जी बड़े रौब–धौब वाले थे। गांव और आस–पास खासा रूतबा था। ज्यादा पढ़े–लिखे नहीं थे। पढ़ाई की कीमत जानते और मानते थे। ज्यादा दुनिया घूमे नहीं थे पर दुनियादारी जानते थे। उसूलबंद थे और अनुशासित। ऐसे लोग, जिनसे परिवार–कुटुम्ब को उम्मीद भी होती है और शिकायत भी। उनका अनुशासन खटकता है पर कुटुम्ब उसी की छांव में पनपता है। पढ़े–लिखे हमारे बाबा जी थे और फौज की नौकरी में अरब, अफ्रीका घूमे हुए भी थे पर गांव समाज की समझ पर पकड़ बड़े बाबा की ही थी। चलती भी गांव–कुटुम्ब में उनकी ही थी। उम्र के कारण नहीं, इसी समझ पकड़ के कारण। पढ़े नहीं गढ़े हुए थे।

वो बुजुर्ग हो चले थे। पीढ़ी का बदलाव और नई पुरानी पीढ़ी की सोच में अंतर प्रकृति का नियम है। अक्ल सबको अपनी ही बेहतर लगती है। नई पीढ़ी में सब कुछ बदलने का जज़्बा भी

स्वाभाविक होता ही है। यह पुरानी पीढ़ी को अक्सर असहज करता है। बड़े बाबा जी को भी कर रहा था। नई पीढ़ी का जोश भरा नौसिखियापन उन्हें अक्सर नाराज भी कर रहा था। बहू-बेटों में उनकी टक्कर समझ का कोई था नहीं। वो कम बोलते थे, ज्यादा सोचते थे। घर और घेर का फर्क रखते थे। घर का मतलब जनानखाना था जहां घर के आदमियों का हस्तक्षेप वर्जित था और घेर में महिलाओं की दखलअंदाजी। पर अब खिचड़ी पकने लगी थी।

पिताजी की माता जी का स्वर्गवास उनके छुटपन में हुआ और बाबा जी फौज की नौकरी... खासकर द्वितीय विश्व युद्ध में ज्यादातर बाहर रहे सो पिताजी बड़े बाबा जी की सरपरस्ती में पले-बढ़े। यही कारण था कि पिताजी बड़े बाबा जी के करीब थे। हम शहर में रहते थे, सरकारी फ्लैट में। हमारी उम्र कम थी और बड़े बाबा जी से सीमित वास्ता पड़ा था। बुजुर्गवार कड़क थे पर हमें कोई खास दिक्कत नहीं थी। हमारी उम्र काफी कम थी और इतनी कम उम्र में सब खेल-तमाशा ही होता है। हम माता जी के कमरे में और बड़े बाबा जी पिता जी के साथ दूसरे कमरे में।

बड़े बाबा जी पहले दिन से ही असहज थे। हमारे पिताजी तो सारी उम्र फ्लैट संस्कृति से सहज न हो पाये। फ्लैटों की कॉलोनियों को कबूतरखाने बताते थे। बाबा जी की तो सारी उम्र ही गांव-जंगल के खुले में बीती थी, सो समझना आसान था। पर उन्होंने तो हफ्ते भर में खूंटा उखाड़ दिया। पूछा कि किसी से कोई गलती हुई हो? उन्होंने किसी की कोई कमी-गलती भी न बतायी। बहुत पूछने पर बताया, "फ्लैट में दम घुटे! बेचारी बहू पूरे दिन पर्दा ही करती है। उसै भी सांस लेने को नी मिलता और भाई थारा तो रसोईखाना-पखाना बगल-बगल में है। हलक में कू रोट्टी ही नहीं उतरती।"

10. भरतारी

भरतारी मेहतरानी थी। काम सरकारी करती थी सफाई कर्मचारी का। सरकारी कर्मचारी थी भी या नहीं, पता नहीं। नियमित थी, दिहाड़ी पर थी या कोई ठेके पर, या कोई अपने नाम पर उससे काम करवाता था, पता नहीं। हम बच्चे थे तब। वो चार फुट की थी, ज्यादा से ज्यादा साढ़े चार फुट की रही होगी। हम भी कद और उम्र में छोटे ही थे। एक लम्बा सा कोट पहनती फौजी सा। कुछ कोट का रंग ऐसा था, कुछ कभी न धुलने से उसका और कोट का रंग-रूप एकदम घुल-मिल जाते थे। उसका आकार दर्ज है स्मृतियों में, चेहरा नहीं। चेहरा था भी नहीं, झुर्रियों का जाल था बस। उसकी उम्र कम-ज्यादा कितनी थी, अंदाजा नहीं होता था। उसका हौसला था या छोटा कद पर रीढ़ एकदम सीधी थी उसकी। उस पुराने फौजी कोट और जंगल बूट को पहन कर पीछे से चीनी-जापानी फौज की सिपाही लगती थी चलते हुए।

दारू पीती थी और मीट-मछली खाती थी, वहां ज्यादातर सफाई कर्मियों की तरह। सर्दियों में खासकर। भरतारी लोहा लक्कड़ की छोटी-मोटी चोरी कर दावत करती। सबको पता था। होली-दिवाली पिताजी से दारू ही लेती थी, माता जी से पैसा। मिठाई नहीं। पिता जी से अध्धा-पव्वा तो साल में कभी भी बिना त्यौहार भी मांग लेती थी। कामचोर थी, मेहनती भी। जब जिसका काम करने का मन होता तो मन से करती वरना कामचोरी। खैर उसकी मांग भी बहुत थी और काम भी काफी था। अंग्रेजों के जमाने की फौजी बैरकों की कॉलोनी थी। वो रहती थी बाहर तालाब के पास की एक भुतहा खण्डहर कोठरी में। हम बच्चों में चर्चा थी कि वो चमगादड़ और सांप भी खा जाती है। तालाब

सांपों और मछलियों से भरा पड़ा था और चमगादड़ उसकी कोठरी के सामने के पीपल के पेड़ पर। उसकी कोठरी के सामने के बड़े मैदान में हम फुटबॉल, पकड़म-पकड़ाई जाने क्या-क्या खेलते थे। तालाब और सांपों को देखने जाने का अपना रोमांच था। तालाब की मछलियों का ठेका एक मुल्ला जी का था। मछली हम खाते तो नहीं थे पर कांटा-डोरी लेकर मछली पकड़ने में तब बड़ा मजा आता था।

बैरकों की जगह सरकार दो-तीन मंजिल की कॉलोनी बनवा रही थी। पीपल के पास एक बड़ा गड्ढा खुदा पानी भरने के लिए। बच्चों ने मछली पकड़-पकड़ कर उस गड्ढे में आंटे की गोलियों के साथ डालनी शुरू कर दी। महीने में ही गड्ढा मछलियों से भर गया। गर्मी में गड्ढा स्वीमिंग पूल का मजा दे रहा था हम बच्चों को।

घर बन रहे थे। लोहा सीमेन्ट बिखरा पड़ा था। उसके फौजी लम्बे कोट में लोहा सरिया छिप जाता था। गड्ढे में मछलियां भरी पड़ती थी। भरतारी का दो-चार चक्कर में ही आते-जाते दावत का इंतेजाम हो जाता था। डेढ़ साल ठाठ रहे। गड्ढा बन्द हुआ तो टन भर मछली निकली। बच्चों के अलावा भरतारी को ही दुख हुआ। बाकी सब नौकरी के गुलाम थे और बच्चे कुछ कह कर नहीं पाए। भरतारी ने खूब गालियां दी दारू पीकर। मछली बंटवारे पर झगड़ा अलग हुआ। सरकारी लोगों और ठेकेदार में बन्दरबांट हुई। पिताजी का तबादला हो चुका था... हम दूसरे शहर और स्कूल में थे।

वहां सांप अब भी थे पर कॉलोनी में उनका छुट्टे घूमना अब संभव नहीं था। सुना भरतारी को कॉलोनी में फौजियों ने रात में दीवार फांदते पकड़ा। खूब पीटा पूछताछ में, जासूस या चोर मानकर। कुछ पुराने लोगों को पता चला तो जाकर छुड़वाया। उसकी कोठरी की भी तलाशी हुई। चार ईंट के चूल्हे, कुछ पुराने बर्तन कपड़ों, थोड़ा राशन, टूटी जैरीकेन में मिट्टी के तेल और

लोहे–लक्कड़ के अलावा कुछ नहीं मिला। फौजी नक्शे तो बिल्कुल नहीं। सांप और चमगादड़ के अवशेष भी नहीं। चमगादड़ वैसे भी कॉलोनी बनने के बाद घर–जगह छोड़ चुके थे।

इस वाकये के कुछ दिन बाद सुना भरतारी भी जाने कहां चली गयी। जहां वो नामदार थी, शायद वहां उसे गुमनाम होना मंजूर नहीं था। या शायद डर गयी अपने ही घर में घुसपैठियों से चमगादड़ो की तरह।

11. धरना

वो धरना जीवी बन चुके थे। एक राष्ट्रीय राजनीतिक दल के साथ छात्र जीवन में जुड़े। जिले की यूनिट की अन्दरूनी राजनीति में रगड़े गए तो मोह भंग हो गया और किसान आन्दोलन की शरण में आ गए। पृथ्वी के गुरूत्वाकर्षण की तरह इन्हें जनता के ध्यानाकर्षण की बिमारी है। पृथ्वी सफल है, ये जूझे पड़े हैं। 'खाली मत बैठ कुछ कर, गड्ढा खोद गड्ढा खोद भर,' इनका मूल मंत्र है। युवा नेता आये थे, आज कनिष्ठ–वरिष्ठ जो भी है। जवानी इन सब में खपा दी। आजीविका के नाम पर कुछ जुगाड़ तुगाड़ भर है। असल में तो भटकाव है, ये समाज सेवा बताते हैं।

बनी किसान आन्दोलन में ज्यादा दिन 'बड़े बाब्बा' से भी नहीं। सो कुछ एक साल बाद ही अलग हो गए। अब अपना अलग बैनर है। मंदा छोटा जैसा भी हो 'अपना' है। 'बाब्बा' के दरबार से कुछ जुमले और मंतर–जंतर सीख लिए थे, उनसे काम चला रहे हैं। बाब्बा का एक चेला मिल में ताला लगाता था, दूसरा खुलवाता। दुकान दोनों की चलती, नारा दोनों बाब्बा का लगाते। इनके पास जब ताला लगाने की ही ताकत नहीं थी तो खुलवाने की नौबत ही कहां आती? बाब्बा के दरबार से फ्रेन्चाईजी का खुला ऑफर था पर अब इन्हें स्वच्छंदता की आदत पड़ चुकी थी। हालाँकि बाब्बा की छाया में सुरक्षा और ज्यादा मौके थे।

जाहिर है बाब्बा का ऑफर इन्होंने नहीं लिया तो जिले में किसी और ने ले लिया। बाब्बा का दरबार अब विस्तार और विविधिकरण योजना पर काम कर रहा था, नए–नए कौशल के लोगों के साथ। किसानी से अलग, जमीनी मामले खासकर। 'जमीनी' मतलब जमीन के मामले और विवाद। उद्योग, भर्ती,

सरकारी ठेके आदि इत्यादि। इन गतिविधियों से इनके जिले में भी किसान आन्दोलन की छवि खराब हो रही थी, साख गिर रही थी। नए लोग युवा थे और नई कार्य संस्कृति वाले। बड़ी बड़ी लग्जरी गाड़ियों से किसान आन्दोलन कर रहे थे। जिले में कॉम्पीटीशन इन्हें झेलना पड़ रहा था। कॉरपोरेट के आगे छोटे दुकानदारों की समस्या इनकी समस्या थी। सत्ताधारी दल भी भाईचारा नहीं कॉरपोरेट दोस्ती वाला बन चुका था खुल्लम-खुल्ला। राजनीति और आन्दोलन सेवा से प्रोफेशन बने अब खुला बिजनेस थे। सत्ता की राजनीति हमेशा से थी, आन्दोलन की भी अब खुली राजनीति थी।

'घोडे के नाल ठुक रही थी तो मेंढकी ने भी पांव ठा दिया,' गांव की कहावत है। इन्होंने भी कुछ बड़ा कर डालने की ठान ली। खैर इनके तो अस्तित्व का भी संकट था। कृषि व गन्ना अधिकारियों और कुछ पुलिस व पत्रकारों के तालमेल से इनकी दुकान छोटी-मोटी चल जाती थी। बकाया भुगतान न होने पर इन्होंने गन्ना भवन गोबर से भर देने और वहां भैसों का तबेला खोल देने का ऐलान कर दिया, अपने दम पर। आन्दोलन होता है तो छोटे गन्ना अधिकारियों की भी लखनऊ में पूछ हो जाती है। पूछ हर किसी को चाहिए, पत्रकारों को तो खबर भी। सुना पत्रकारों ने ही इन्हें सुझाया था।

मामला गर्मा गया। ये खबरों में छा भी गए और दूसरे संगठन की छाती पर सांप भी लौटे। जितनी खबर थी, उतना इनपे सौदा नहीं थी। सांझा मोर्चा होता तो सब हांगा सा लगा देते पर ये अकेले-अकेले दावत खाना चाह रहे थे। अपनी हालत पतली जान इन्होंने भी अपनी 20 साल की साख और संबंध दांव पर लगा दिए। 'युद्ध कहां तक टाला जाए, फेंक जहां तक भाला जाए।'

कुछ ट्रैक्टर बुग्गी तैयार हुई, वो भी इलाके के दरोगा के आश्वासन और डीजल के बाद। दो-चार भैंस भी तैयार की गयी। एक तो अपनी ही थी। अखबारों ने माहौल बना ही दिया था।

बाब्बा का लखनऊ कूच कुछ दिन में था सो स्थानीय प्रशासन भी दबाव में था। ये पहुंच गये गन्ना भवन ताम-झाम के साथ। 30-40 लोग थे। लोग ज्यादा तो नहीं थे पर पुलिस ने आधा-अधूरा विरोध कर एक बुग्गी गोबर गिरने दिया। जगह विभाग वालों ने तय कर दी थी। संबंध पुराने थे और फिर किसान है तो गन्ना है। गन्ना है तो गन्ना विभाग है। गुरू जी ने अपनी भैंस अन्दर बाड़ दी और अन्दर बांध भी दी। चलो वो भी सिर माथे। पल्ली भी बिछ गयी और नारेबाजी हुई शुरू। टी0वी0, कैमरे, फ्लैश लाईट और इतने सारे पत्रकार। आंखे चुंधिया गयी और जोश आ गया। एक अनाड़ी साथी को कुछ ज्यादा। उसने गोबर ठाया और नए गन्ना अधिकारी के मुंह पर लेप दिया। दूसरा कमीज उतार कर बिना बनियान सरकारी ऑफिस मेज पर लौंडा नाच दिखा दिया।

यह अनकहे समझौते की सीमा का ही नहीं, मर्यादा का भी उल्लंघन था। पुलिस ने दिन में तारे दिखा दिये।

टी0वी0 पर उसी दिन और अखबारों में अगले दिन चारों ओर गोबर ही गोबर था या लौंडा नाच। गुरू जी गायब थे अखबारों से। बाब्बा की कम्पनी ने इस प्रकरण को किसान आन्दोलनों की साख पर काला धब्बा बताया और उन्हें तो इनकी बिरादरी वालों ने ही 'जात का आधा' बताकर पल्ला झाड़ लिया। एक महीने बाद जेल से छूटे जमानत पर। इनकी भैंस अभी कांजी हाऊस में ही दूध दे रही है और साथी का ट्रैक्टर थाने में। थोड़ा लंगडा कर चल रहे थे। लौंडा नाच वाला अभी अन्दर है। गन्ना विभाग की एक महिला कर्मचारी की शिकायत पर अभद्रता अश्लीलता के आरोप में। गोबर लेप वाले ने जेल में भी खासी सुर्खियां बटोरी। गोबर लेप छूटा तो बाब्बा की कम्पनी में जिले की फ्रेन्चाईजी पा गया। गोबर लेप बाब्बा के खास का हमेशा खास था और लौंडा डांस वाला बेहूदा गोबर लेप का खास यार।

उभरता छोटा ब्राण्ड हमेशा बड़े ब्राण्ड का बाजार खाता है। बड़ा ब्राण्ड छोटे ब्राण्ड को ही खा जाता है।

12. ट्रैफिक जाम

उस दिन भयानक उमस थी। लम्बी गर्मी के बाद बीते दिन हुई आधी-अधूरी पहली बारिश अपने पीछे लाई भीषण वाली गर्मी और साथ में खाल पर चुनचुनी मचाती चिपचिपी उमस। दिल्ली और उसके आसपास देश भर से लोग रोजी-रोटी को आते हैं। टैक्सी ड्राईवर कह रहा था, ये लोग राजा हों या रंक, दिल्ली जीतने की चाह में मरने जाते हैं। दुनिया में जीतने की चाह और देश में रोजगार की कमी बहुत है शायद इसलिये दिल्ली में भीड़ है। कोई कह रहा था दिल्ली दलालों की या दिलवालों की। धूल-धुऐं से भरी गोद में सबको दिल्ली समेट लेती है दिल बड़ा कर। बस दिल्ली की हरियाली रहम है।

दिल्ली सोती नहीं। दिन-रात रोजगार रोटी शरणार्थी दाना चुगते या चुग कर भागते रहते हैं दिल्ली की गोद से भीड़ में। इस भीड़ के कोढ में खाज है 'ट्रैफिक जाम'। जाम अक्सर लगता है। उस दिन भी लगा दिल्ली की जड़ में किलोमीटर लम्बा हाईवे पर। ऊपर से गर्मी-उमस। जाम एक मुड़ते लम्बे ट्रक से लगा था या शायद रांग साईड आ रही कार से। कहते हैं ट्रक वाले कभी जाम नहीं लगाते वो बस भुगतते हैं। जाम दोपहिया वाहन और

कारें लगाती हैं ज्यादातर। दो पहिये वाहन तो मानो इस सडक के जंगल के रपटीले लहराते सांप है। जाने कब डस लें, युवा जोश से भरे। रोजगार मण्डी में दाना चुगते–दौड़ते इन परिन्दों की खासियत है हमेशा जल्दी में होना। महानगरीय खबरों की सी तेजी है इनमें। सड़क पर दाएं–बाएं इधर–उधर के ट्रैफिक का अंतर मिट चुका है और अब कोई भी कहीं भी अड़ा है। 15 अगस्त 1947 को मिली आजादी के सच्चे लाभार्थी यही हैं।

गांव का किस्सा है कि एक बार नाले की संकरी पुलिया पर ट्रैक्टर और बुग्गी आमने–सामने आ गए और कोई भी पीछे हटने को तैयार नहीं था। एक कह रहा हम अपनी बात पे जान दे दें, दूसरा कह रहा हम बेबात पर ही जान दे दें। दोनों फुरसत से और मूंछ फँसी है, इसलिए जाम है। महानगरों में सब जल्दी में हैं और जल्दी में लेट हैं। सबकी जल्दबाजी का नतीजा जाम है। बुद्धि का टोटा दोनों जगह है। लोगों का पढ़ा–लिखा होना या न होना, हालात या जाम पर कोई खास फर्क नहीं डालता। समझदार होना जरूर डालता है या डाल सकता है। दिल्ली से लौटने वाले दिल्ली बार्डर पार होते ही ऐसे हेल्मेट और सीट बेल्ट त्यागते हैं मानो आजादी मिल गयी हो। 'आजादी का मतलब जिम्मेदारी', यह समझने के लिए पढ़े–लिखे से ज्यादा समझदार होना जरूरी है। ज्यादातर को जान से ज्यादा जेल और जुर्माने की चिन्ता है। नागरिकों की समझदारी और जिम्मेदारी सभ्यता की निशानी है। सिर्फ जेल, जूत और जुर्माना समझ आना पशुता के लक्षण हैं और नागरिकों का भ्रष्टाचरण भी।

जाम में फंसी गाडियों के ए0सी0 फुल ऑन थे। और बिना ए0सी0 वाले उन्हें कोस रहे थे। गाड़ियों की तादाद को देख कर अपनी जरूरतों को कम करने और 'सादा जीवन उच्च विचार' की गाँधी जी की सीख का भी जिक्र आया। एक पढ़ा–लिखा युवा ए0सी0 की फ्रीओन गैस से होने वाली ओजोन परत की हानि, बढ़ते तापमान और जलवायु परिवर्तन संकट को समझा रहा था। उसने मोटर साईकिल बंद नहीं की थी और बताया कि दिवाली

तक वो नयी कार ले लेगा। कॉलेज के जमाने के हमारे एक जूनियर साथी डॉक्टर ने हॉस्टल के ही अंदाज में ट्रैफिक जाम के संदर्भ में एक अपनी थ्योरी पेश की। उसने बताया कि क्योंकि आत्मा न मरती है न पैदा होती है, अतः आत्माओं की संख्या पृथ्वी पर स्थिर है। अब जब जीव-जंतुओं की संख्या घट रही है और मनुष्यों की संख्या बढ़ रही है तो जाहिर है जानवरों की आत्माएं मनुष्यों में एडजस्ट हो रही हैं। ऐसे में यह बेअक्ली के झोट्टा बैल मार्का आमने-सामने अड़ने के ट्रैफिक जाम कतई अजीब बात नहीं हैं। साथी का सीधा तर्क था जनसंख्या और बेवकूफी यूं ही बढ़ेगी तो यूं ही जाम लगेंगे।

छोटी-मोटी वस्तुएं बेचने वालों और भीख मांगने वालों के लिए 'ट्रैफिक जाम' आपदा में अवसर है। ये बेचने और मांगने वाले ज्यादातर कम उम्र के हैं। दया आती है फिर लगता है इससे बच्चों से भीख मंगवाने की प्रवृत्ति बढ़ेगी। इन बच्चों, बुजुर्गों और अपंगों से बिना जरूरत सहायतार्थ भी लोग खरीद लेते हैं छोटी-मोटी ये वस्तुएं। इस तरह खुद अपने को अच्छा महसूस करा कर लोग मुक्त होते हैं ग्लानि और अपराध बोध से, जो उन्हें अन्दर ही अन्दर मार-डाल रहा होता है उनकी अकर्मण्यता और असहायता के कारण। जाम का लाभार्थी तो जेबकतरों और उठाईगिरों का 'ठक ठक' गिरोह भी है। एक गाड़ी का शीशा ठकठकाता है दूसरा हाथ साफ कर जाता है।

गाड़ियों पर लटकी तख्तियाँ, लिखे पद, विभाग, सायरन पद प्रतिष्ठा का बोझ इस ट्रैफिक जाम में डालने की कोशिश नहीं छोड़ते। कुछ को कुछ एक फुट का लाभ मिल भी जाता है। गाड़ी के अन्दर बैठे महानुभावों की मानों सायरन, तख्तियां, स्टीकर ही पहचान है। ट्रैफिक पुलिस भी कुछ भाव दे देती है। कौन उलझे। अज्ञानता और अराजकता भी कम नहीं।

मोड़ से पार, ट्रैफिक जाम के दूर, पिछले छोर की ओर साईड गली से निकली एक गाड़ी सड़क के दूसरी पार जाने के प्रयास

में आगे फुल जाम होने के कारण हाईवे सड़क पर ही लम्बी रास्ता रोक खड़ी हो गयी। लोगों ने अनुरोध किया कि वो बैक कर ले तो कम से कम पिछले छोर का एक तरफ का ट्रैफिक तो चले कि कुछ तो जाम कम हो या बढ़े, तो नहीं। गाड़ी चालक ने गाड़ी के आगे शीशे पर चिपका जातीय घोषणा करता स्टीकर दिखाकर कहा, "/रु+: है हम, पढ़ना नी आता।" दूसरे ने भी जवाब दे दिया, "पढ़ने की क्या जरूरत है तेरी हरकत बता रही है।" फिर थोड़ी तू तू मैं मैं के बाद कहीं जाकर जूत बजा। और जाम बढ़ा। अच्छी बात यह हुई कि 10-15 मिनट जाम और उमस से ध्यान हटा गया। कुछ का खास मनोरंजन भी हुआ। पुलिस न नजर आ रही थी न नजर आई। प्रजातांत्रिक तरीके से झगड़े का निपटारा लड़ने वालों और जनता ने खुद ही कर लिया अपनेपन से, लड़ने वालों की कोई खास तैयारी थी नहीं और जाम के कारण दबाव भी था। जाम खुलवाने में लोग कोई सहयोग गाड़ी से उतर कर भले न करें पर मार-धाड़ देखने को उचक-उचक कर काफी आए और निराश हुए।

ऐसा नहीं कि पुलिस वहां थी ही नहीं या कुछ भी नहीं कर रही थी। इतने लम्बे जाम के हिसाब से तैनात पुलिस काफी कम थी। ध्वस्त व्यवस्था में हर कोई अपने-अपने ढंग से अव्यवस्था में सुव्यवस्था ढूंढ रहा था। भीड़ में बगैर दलबल वी.आई.पी. की भी सुनवाई नहीं होती, बशर्ते उसमें कोई दैवीय गुण ना हो। ट्रैफिक पुलिस इंचार्ज के 10 मिनट तो जाम में फंसे किसी अधिकारी के परिचय प्रवचन सुनने में निकल गए। सीमित स्टाफ के साथ बन्दे ने कुछ मामला सम्हाला ही था कि मंत्री के हाईवे पर स्वागत के लिए बड़ा काफिला लेकर घुस आए छुट्ट भैय्ये नेताजी कर दिए बंटाधार। शायद मंत्री जी खुद समझ जाते पर चाय से ज्यादा गरम तो केतली थी। इंचार्ज को ट्रांसफर से बर्खास्तगी तक की धमकी खड़े-खड़े मिल गयी। देश की राजधानी की जड़ में एकदम बार्डर पर जाम था और फोन बजे ही चला जा रहा था। बड़े अधिकारी थे दूसरी ओर, फोन काट नहीं सकते। फोन कटे

तो इंचार्ज जाम काटे। राजधानी में एक बड़ा राजनीतिक प्रदर्शन है। स्कूलों की छुट्‌टी का समय होने वाला है और हाईवे पर थोडा ही आगे एक विवाह मण्डप से कोई धार्मिक जुलूस निकल चुका है। ट्रैफिक इंचार्ज के तीतर बटेर उड़ रहे हैं। कोढ में खाज और खाज में मिर्ची।

ट्रैफिक जाम की 'जनसंसद' में शहर नियोजन संबंधी एक जनहित प्रस्ताव हाईवे पर विवाह मण्डपों आदि को अनुमति न देने और धार्मिक जुलूसों के सड़कों पर प्रदर्शन पर पाबंदी का आया और तत्काल पास हुआ। बस उनके अपने सम्प्रदाय के जुलूस शान्तिपूर्ण होने के कारण पाबन्दी से बाहर रहे और अपने घर की शादी मेन रोड के ही आस–पास हो ताकि रात–बेरात आने जाने में सुविधा हो। फिक्र का जिक्र तो स्कूलों के दुकान बन जाने का भी आया और शिक्षा के गिरते स्तर का भी। अपनी गाड़ी सड़क के बिल्कुल सीधे हाथ ले जा चुके सज्जन बता रहे थे कि विदेशों में लोग पढ़े–लिखे और अनुशासित हैं इसलिए जाम नहीं लगते। वो विदेश से काफी प्रभावित थे और उन्होंने बताया कि वहां सीधे हाथ की ड्राइविंग है।

जाम अब तक कुछ 50–100 मीटर ही हिल पाया था कि रेडिएटर गर्म होने से खराब हुई गाड़ी में एक बुजुर्ग महिला की तबीयत अचानक बिगड़ गयी। बुजुर्ग पतिदेव अकेले हताश और परेशान। खुदाई मददगारों की भीड़ ने जिस तरह उन्हें घेरा तो लगा बुजुर्ग महिला बिमारी से मरे न मरे, दम घुटने या दब कर जरूर मर जायेगी। बुर्जुगवार असमंजस में फोन पर ही थे कि कुछ युवाओं ने कन्धों और मोटर साईकिलों पर ही जाने कब कैसे माता जी को अस्पताल तक पहुंचा भी दिया। आधे घण्टे में माताजी की कुशलता की सूचना भी आ गयी। यह हनुमान जी के संजीवनी के लिए पहाड़ उठा लाने जैसा ही था। युवा हनुमान ही होते हैं, बस उनकी उर्जा को दिशा मिले। गाड़ी भी युवाओं ने ही कामचलाऊ ठीक कर दी थी, बस बुजुर्गवार समझ नहीं पा रहे थे और मौजूद लोगों को पता नहीं था कि अम्माजी किस आस–पास

के अस्पताल में हैं! अगर औषधि का नाम याद रख पाते तो हनुमान जी पहाड़ उठाकर ही क्यों लाते? लक्ष्मण जी ठीक हो गए थे, अम्मा जी भी हो जायेगी, सबको विश्वास है और सही है। इस बिमारी अस्पताल में आधा घण्टा कैसे गुजरा पता ही नहीं चला पर इस 'जाम संसद' में देश की खस्ताहाल स्वास्थ्य सेवाओं और डॉक्टरों के व्यवहार और व्यापारी बनने पर मानो शून्यकाल में गम्भीर सार्थक चर्चा हो गयी। लोगों का झुण्ड बन गया था। ज्यादातर दुपहिया वाले थे, कुछ गाड़ी वाले भी। विपत्ति, झगड़े और बतरस में लोग गर्मी, उमस और बहुधा जरूरी काम भी भूल जाते हैं। इस बदहाली–बदइंतेजामी के मूल में बेअक्ली और भ्रष्टाचार है, किसी ने बताया। पेशे से डिजायनर आर्किटेक्ट मालूम पड़ रहे एक सज्जन बताने लगे कि हाईवे के साईड को निकलता कट अगर एकदम टक्कर के बजाए 300–400 मीटर आगे होता तो फ्लाई ओवर साईड रोड, अंडर पास, सर्विस रोड से आने वाला ट्रैफिक एकदम नहीं भिड़ता और जाम नहीं लगता। बात तार्किक जान पड़ती थी। सामान्य चौराहों पर स्टाप अगर 100 मीटर आगे हो तो जाम नहीं लगता।

स्कूल बसों और अभिभावकों की गाड़ियों ने चिंता के बादल और गहरा दिए। काले बादल आसमान में भी गहरा रहे थे। ढाई घण्टे से जाम था और इन्द्रदेव भी रो दिए। बादल बरसे तो सबसे पहले हवा की धूल, धुंआ धुल गए। उमस गर्मी भी बह गई मूसलाधार में। जिसे जहां शरण मिली, उसने ली... कुछ ने खुले में आनन्द भी। कुछ की चिंता बढ़ी पर सब की थकान जलदेवता ने पिघला दी। सब स्कूली बच्चों ने बस में से अपने हाथ भिगो लिए। कुछ बहादुरों ने सड़क पर छपाछप भी कर ली। तारकोल और सीमेण्ट के इस जंगल में पानी की बूंद जहां गिरती है, वहीं की नहीं रहती। जाने किस के हिस्से का पानी किसे मिलता है, या यूं ही बह जाता है। यही बारिश सुबह हो जाती तो 'रेनी डे' की छुट्टी मिलती, बच्चे सोच रहे हैं। 'रेनी डे' की छुट्टी का अलग ही मजा है, सब पढ़ना–पढ़ाना भूल जाते हैं। पर शहरों में

अब घर–घर गाड़ियों के कारण, कमबख्त स्कूल वाले भी छुट्टी नहीं करते। दूर–दराज के स्कूलों में पढ़ाई कम, छुट्टी ही छुट्टी हैं। कुछ चाय–पकौड़ा सोच रहे हैं, कुछ बाढ़ और डूब। आगे और बड़ा जाम भी लग सकता है जल–भराव के कारण। इसकी भी कुछ को चिंता है।

जलदेवता ने 'जाम जन संसद' बैठक की 'लाईन तोड़' की घोषणा कर दी है वरना शहरी नियोजन पर एक सत्र और तैयार था। ट्रैफिक जाम में मानो कुछ लोग नहीं, पूरा देश फंसा था और जल्दी–जल्दी में सोचना भूल रही मानव सभ्यता भी। अब उमस और गर्मी परेशान नहीं कर रही और कुछ स्कूली बच्चों ने बस्तों से निकाल कर कई कागज की सफेद नाव इस काली नदी में दौड़ते पानी पर उतार दी हैं। आशा है तैरेंगी, वरना सब थमेगा।

13. गोल्फ कोर्स

फौज में गोल्फ सीनियर अफसर खेलते हैं। अच्छा खेल है, बढ़ती उम्र के अनुकूल भी। कुछ अफसर सीनियर्स से संबंध बनाने या नेटवर्किंग के लिए भी खेलते हैं।

जी ओ सी, जनरल साहब को शौक गोल्फ का कुछ ज्यादा था, या वो कोई संदेश सीमा पार तक देना चाहते थे पता नहीं, पर उन्होंने फील्ड में गोल्फ कोर्स बनवाना शुरू कर दिया। सीमा के इधर-उधर संदेश ये हो सकता था कि हम गोलीबारी के दबाव में नहीं आते। शौक उन्हें पक्का था। गोल्फ कोर्स की तैयारी की प्रगति की रिपोर्ट लेने अक्सर खुद आते। जनरल साहब को बुखार चढ़े और फौज बची रहे, यह संभव नहीं। अब सबकी नौकरी गोल्फ कोर्स से बन-बिगड़ रही थी। यह सच नहीं भी था तो भी आभास तो यही होता था। पोस्टों पर भी कमांडिंग अफसर कर्नल साहेबान ने हॉफ गोल्फ किट मंगवा ली थी। लाईब्रेरी में गोल्फ संबंधी किताबें सज गयी। कुछ और नहीं तो थोड़ा बहुत ही गोल्फ जानने वाले कुछ निकम्मे अफसरों तक पर बहार आ गयी।

जी ओ सी साहब हमारी पोस्ट पर भी पहुंचे। खासे फिट और स्टाईलिश थे। मुझसे एक मरीज के बारे में पूछा तो मैंने बताया कि अभी भी बीमार हैं। उन्होंने मुझे सही करते हुए कहा कि बीमार हैं मत कहो। कहो ठीक हो रहा है। पूछा कि मुझे गोल्फ का शौक है? मैंने बताया कि मुझे आता ही नहीं। उन्होंने कहा, "सीखो... फुटबाल हमेशा नहीं खेल पाओगे।" और मुस्कुराए। नाराज व्यू प्वाईन्ट पर नाश्ते की टेबल पर बिछी चादर के सफेद ना होने पर हुए। बोले अगर हम फील्ड या दुश्मन के प्रेशर में अपनी खाने की टेबल की सफेद चादर हटा रहे हैं तो इसका मतलब है कि वो हम पर हावी हैं। जल्दी ही सफेद क्रान्ति हुई। अब इलाके में सामरिक रणनीति गोल्फ केन्द्रित थी। भाषा विन्यास भी।

खूब बमबारी हुई पर जी ओ सी साहब डिगे नहीं। गोल्फ कोर्स निर्माण जारी रहा और प्रैक्टिस भी। जी ओ सी साहब का कार्यकाल समाप्ति की ओर था। पता नहीं पर सीमा पार वाले खां साहब शायद 'न खेलेंगे न खेलने देंगे' वाले थे। बमबारी में गोल्फ कोर्स को खास निशाना बनाया। हमने भी जाहिर है जोरदार जवाब दिया। काश उन्होंने भी सीमा पार गोल्फ कोर्स बनवाया होता तो हम भी दिल की ठण्डक ले लेते। जी ओ सी साहब बिना दिल की ठण्डक पाए और खासे उजाड़ गोल्फ कोर्स के साथ पोस्टिंग गए।

नये जी ओ सी साहब आ गए। एकदम फील्ड फौजी और फिट। स्टाईल अपना अपना। स्टाफ अफसरों ने शाम को गोल्फ का सुझाव दिया। जनरल साहब ने पूछ लिया, "कुछ ज्यादा जल्दी बूढ़े नहीं हो रहे आप लोग।" गोल्फ कोर्स उजाड़ ही रहा और पोस्टों से हॉफ गोल्फ सेट भी हट गए।

हट सफेद नई चादरे भी गयी। फील्ड चादरों का खर्चा अलग हुआ।

14. आपा

मैं जेल में था। सेवन क्रिमिनल एक्ट लगा था। आगजनी, हिंसा, लूट, जानलेवा हमला जैसे आरोप शासन ने थोपे थे, भूमि अधिग्रहण के खिलाफ किसान आन्दोलन को कुचलने के लिए। साथ जेल में काफी आन्दोलनकारी किसान भी थे। हमें जुवीनाईल बैरक के पास शुरू में रखा गया था। वहां जाहिर है 18 साल से कम उम्र के कैदी थे। आन्दोलन अखबारों, टी०वी० पर छाया हुआ था। वी०आई०पी० और सामान्य मिलने वाले काफी तादाद में शुरू में आए, फिर कम होते गए। मौसम आम और केले का था। ज्यादातर लोग केले लाते थे मिलाई पर। हमारी मिलाई आसान थी और जेल में केलों के ढेर लग गये। हमने बच्चों में बांट दिये। सिलसिला लम्बा चला तो कैदियों से बातचीत भी शुरू हो गयी।

आन्दोलन और वी०आई०पी० आमद से भौकाल जेल में यूं ही बन गया था। एक दो क्षेत्रीय बाहुबली भी राम राम करने आ गए तो और चार चांद लग गये भौकाल में। जेल की दुनिया जरा अलग है। उसमें शातिरों का जाल फैला है और हालात के मारों का दर्द भी। उम्र भले कम हो पर अच्छे-अच्छों के कम उम्र में ही

कान काटने की काबीलियत वहां है। सीधे पेड़ तो जंगल में भी पहले कटते हैं। सीधा कोई कट जाता है, कोई सीधा रह नहीं पाता। वो लड़का होशियार जान पडा, व्यवहार कुशल भी। उसने मुझे कैसे चिन्हित किया वो जाने, पर खासा मुश्किल भी नहीं था। राजनीति, नीति वो नहीं जानता था। जेल और जिन्दगी जान गया था। 16–17 उम्र रही होगी और डेढ़–दो साल से जेल में था। जेल के अन्दर देश की नहीं, जेल की राजनीति महत्वपूर्ण है। जिन्होंने जिन्दगी में मदद की, उनका एहसानमंद था और दिल से अच्छा था। हालात के मारों का

हमदर्द भी। लड़के उसे मानते थे। परिवार ज्यादा था नहीं, अगर था तो उसका ज्यादा वास्ता नहीं था। जेल में उसने परिवार बना लिया था। अपराध किया था, यह नहीं छुपाया। भविष्य का विकल्प हो सकता है, यह भी बताया।

जेल में एक लड़के के साथ उसके वकील ने धोखा किया था और पैसा भी हड़प लिया। दूसरे का कोई था नहीं और पुलिस के लपेटे में आ गया था। दिन भर रोता था। उनकी सहायता करना चाहता था। दोनों बेगुनाह थे। पेशेवर अपराधी दूर–दूर तक नहीं। 'उनमें दम ही नहीं है', उसने बताया। जेल की मदद अपराध की ओर ले ही जाती है देर–सवेर। इसलिए मुझसे मदद चाहता है। मैंने वैसे ही जानना चाहा कि मैं न होता तो वो क्या करता?

''आपा से मदद लेता मजबूरी में।'' उसने बताया दिल्ली एन0सी0आर0 में छोटा–मोटा गिरोह चलाती है 'जीनत आपा।' 20–30 लड़के हैं साथ। भाई जिन्दा था तो 100–150 थे। वो भी

था। भाई को मुखालिफ पार्टी ने मरवा दिया पुलिस से। गैंग टूट गयी। कुछ मुखालिफ पार्टी से ही मिल गए। वो शुरू से सामान इधर–उधर करने के कामों में थे, मार–काट से कोसो दूर। दूसरे उनसे वैसे काम करवाने का दबाव बनाते। भाई राजी नहीं थे। आपा भी राजी नहीं। आपा सबको जानती थी पर इस लाईन में नहीं थी। अपना छोटा–मोटा काम था। भाई के बाद जब उसे और लड़कों को परेशान करना जारी रहा तो मैदान में उतरी। लड़कों में हमदर्दी है उससे और वो ख्याल रखती है, सावधानी भी। मार नहीं खाएगी। पुलिस, जेल, वकील का ख्याल आपा रखती है। जेल तक आती है मिलने और कोई नया लड़का हो तो। कई नये काम भी जोड़ दिये हैं पर अब तो सीधे काम भी सीधे से नहीं होते। उसने माना आपा भाई से ज्यादा काबिल है पर बस औरत के नीचे काम करने में हिचक होती है। यह भी बताया कि मुखालिफ पार्टी अब सिर्फ पुलिस के दम पर है। ज्यादा दिन आपा के सामने टिकेगी नहीं।

मुझे उत्सुकता हुई। कहा, ''आए तो मिलवाना।'' वो अगले हफ्ते तशरीफ लायी भी। गैंगस्टर जैसा पहली नजर में चाल–ढाल, हाव–भाव, कद–काठी कुछ भी नहीं था। वो सीधे मिलाना चाहता था, मैंने ही इशारे से रोका। जेल में मिलाई पर आयी महिला के लिहाज से उसमें आत्मविश्वास गजब का था। दो वकील साथ थे और बातचीत में भर्ती को आई कम्पनी की एच0आर0 अफसर लग रही थी। सैकेण्डों में फैसले दे रही थी। वकील से ज्यादा आई0पी0सी0 की धारायें उसे याद थी। तीन लड़कों की सिफारिश थी। जमानत से पहले का इन्टरव्यू मानो। एक फेल भी कर गया। लड़के ने जाकर कुछ कहा। मैंने पीठ कर ली थी पर सुनायी पड़ा, ''सब छोड़ अपनी बता। भय्यादूज घर मनाना है या होली भी जेल की ही पसंद आ गयी है! बेकार सड़ रहा है यहां, एक हफ्ते में छुड़वा लूंगी। तेरा भाई मुझसे तो छोटा था। इस लाईन में पहले आती तो वो भी मेरे नीचे ही काम करता। अपने अड़ियलपने में ही गया तेरी तरह। छोटा है छोटा

रह, वरना बड़ा कुछ कर। क्या पता हम तुझे ही सरदार मान लें। तू छोटे के भरोसे का था और उसके भरोसे पर था, इसलिए ख्याल है तेरा।"

जान छुड़ाने को लड़के ने शायद मेरा जिक्र किया तो उसका कुछ अंदाज बदला। सलीके से दुआ–सलाम की उसने। कुछ था नहीं सो कोई बात हुई भी नहीं। मैं आगे बढ़ गया। दूर जाते कान में पड़ा, "छोटे नेतागिरी में मत पड़। पछताएगा!"

15. काजू

चचा गालिब और हमारे पड़बाबा जी में एक समानता थी। दोनों दारू पीते और मेरठ छावनी से मंगाते थे। आज तक लोगों में यह धारणा आम है कि फौज की दारू प्योर और उम्दा होती है। वो एक लम्बे, पतले पर तगड़े आदमी थे। एक पाव देसी घी पी जाते थे। बिना नागा सुबह 4–5 बजे उठ जाते थे। नहा–धोकर गांव के बाहर शिव मन्दिर में ध्यान करते एक–दो घंटा, फिर चौपाल पर आ पंचायती या जमते घेर में। घर वो अपने बड़े बेटे, हमारे बड़े बाबा जी के 20 साल उम्र होने के बाद कभी नहीं आए सिवाय अन्तिम दिन के, या किसी बच्चे के जन्म या मृत्यु के। सारा काम–काज, खेती–बाड़ी उन्होंने बड़े बाबा जी को उनके होश सँभालते ही इस हिदायत के साथ थमा दी कि बहुत जरूरी ही न हो तो उनसे कुछ पूछा–बताया ना जाय। बड़े बाबा जी बहुत पढ़े नहीं पर उनके पक्के फरमाबरदार थे।

फरमाबरदार ऐसे कि जिसे पड़बाबा जी ने कह दिया, उसे बड़े बाबा जी ने लठिया दिया। यह नौबत आती ही रही। कोई झांकता दिखा तो लठियाने का फरमान जारी। दलील यह कि आज झांकने पर नहीं लठिआया तो कल भीत कूदेगा! घरवाले बताते हैं कि पड़बाबा जी नवजात बच्चे को देखकर उसके लक्षण बता देते थे और रास्ते पर जा रहे व्यक्ति की चाल देखकर बता देते थे कि वो चोरी करेगा और फलाने खेत से करेगा। मेरठ छावनी के प्रसाद का भोग दिन में न लग सकता हो, ऐसा कोई कानून उनकी जानकारी में नहीं था। प्रसाद भोग के प्रभाव से तो जग वाकिफ है। कोई दूर से 'राम राम' नम्बरदार कह देता तो उसे वो 'राम राम' पार्सल से भेज देने को कहते और कोई ज्यादा करीब आकर कहता तो वो कहते, ''सर पे चढ़ के अजान दे दे।''

मांसाहार हमारे इलाके में अच्छा नहीं माना जाता था। घर में कोई मांसाहारी नहीं था, वो थे। घर में अस्तबल था। वो अच्छे घुड़सवार थे। उनका मुसलमान सईस ही उनका खानसामा भी था। वो मुर्गा, बकरा घेर—बैठक या अस्तबल में पकाता था। उनके बरतन—भाण्डे भी अलग थे। बताते हैं कि पतले थे पर पकड़ ऐसी कि ट्यूबवैल के मोटर का बोल्ट हाथ से खोल देते। झगड़े में लाठी भी न ले जाते। कहते, "क्यों लाठी ढोनी? और लोग लाते तो हैं ही ढो ढो कर।" कस्बे के कसाई पहलवान पालते थे और उनकी दबंगई भी थी। मढियाई में पशु—मेला भरता था। वहां दंगल और दबंगई दोनों चलते थे। छठे छमाहे वहां जाना और कसाईयों के पहलवान को पीट कर आना पड़बाबा जी का शगल था और दबदबा, या कानून व्यवस्था कायम करने का उनका तरीका। कोई कटुता नहीं थी। कसाई बढ़कर इज्जत करते और अगली बार की तैयारी भी।

चौपाल से कोई गांव की लड़की बिना दुपट्टा या अस्त—व्यस्त निकल जाती तो लड़की का ताऊ, बाप, कुटुम्बी पक्का डांट—गाली खाता। बड़े बाबा जी की कद—काठी उनसे काफी मिलती थी। करीबियों में हमारे पिताजी भी थे। उसका कारण हमारे दादा जी की फौज में बाहर तैनाती और दादी जी का पिताजी के छुटपन में ही स्वर्गवास होना था। पिता जी के मानस में मीट और दारू को वैधानिकता शायद बचपन में पड़बाबा जी के साथ के कारण ही मिली। खांसी—जुकाम सर्दी में आज भी कई घरों में बच्चों को बड़े ब्रांडी पिला देते हैं। पड़बाबा जी भी खिला—पिला देते रहे होंगे जो कुछ उनके पास था। और बच्चों को भी देते थे पर पिताजी खास थे। दारू के साथ काजू खाते—खिलाते थे। काजू में बच्चे हिस्सेदार थे। मूंगफली पर प्रतिबंध था। तर्क यह था कि मूंगफली बच्चों को समझौता सिखाएगी। काजू की आदत रहेगी तो कमाएंगे और याद रखेंगे तो उन्हें भी बुढ़ापे में मूंगफली नहीं खिलाएंगे। हमारे दादा जी को उन्होंने पढ़ाना चाहा। डॉक्टर बनाना चाहा पर वो फौज में भर्ती

हो गए। 'सैर कर दुनिया की गाफिल, ये जिन्दगानी फिर कहां,' हमारे बाबा जी का मंत्र था।

गांव-घरवाले पड़बाबा जी की गाली-गुप्पड़ से खासे त्रस्त थे। कहते हैं उन्हें अपने आखिरी वक्त का पता चल गया था। खास स्थान को लिपवाया खुद कह कर। सुबह-सुबह उठकर नहाए-धोए, शिव मन्दिर में ध्यान किया, घेर नहीं घर आए, बच्चों बहुओं से मिले, आशीर्वाद दिया सबको। गाली-डांट किसी को नहीं। उस खास लिपी जमीन पर उनका शरीर मिला।

घर का घर जानता है, गांव वालों को राहत की सांस होनी चाहिए थी पर ज्यादातर की आंखें नम हुई। जिस गरीब को बेटी के दुपट्टे पर डांटा था, उसकी बेटी की शादी में मदद भी हुई और जिसे खेत पर चोरी करने पर लठिआया, उसके घर अनाज भी पहुंचवाया। बड़े बाबा जी इकलौते राजदार थे पड़बाबा के। 'काजू' की विरासत बच्चे जाने।

16. बर्थ डे पार्टी

उसकी रटने की क्षमता गजब थी। पूरी फार्माकोलॉजी की किताब रट मारी छह-आठ महीने में। कोर्स डेढ़ साल का था। एक-दो बैचमेट सहपाठियों को तो इस बात से ही डिप्रेशन हो गया। कैसे रट ली, कब रट ली? समय सबका बराबर था। उन्होंने समय बर्बाद भी नहीं किया था घुमक्कड़ी पिक्चरी आदि में। उनका कोई चक्कर भी नहीं चल रहा था। फिर कैसे? मेरे एक दोस्त ने आसान किया, ''तुम समय बर्बाद करते हो।'' विरोध हुआ, ''सवाल ही नहीं उठता! कैसे?'' दोस्त ने जवाब दिया, ''नहाते तो हो, दांत-ब्रश तो करते हो। बंदा तो कई-कई दिन पैखाना तक नहीं जाता!'' अब यह मुकाबला तो असंभव था। जो थोड़ी बहुत आस थी, नहीं रही और बैचमेट सचमुच डिप्रेस हो गए।

डिप्रेस यह जनाब भी हुए थे, लगभग एक साल पहले... इश्क में। एक तरफा था अपने लाल का। इतना एकतरफा था कि दूसरे पक्ष को पता ही नहीं चला। कुछ नहीं तो चार रिश्तेदार बुलाकर पिटवा ही देती। कुछ कन्फर्म तो होता। मुर्गा हलाक हो गया, उन्हें पता ही नहीं। डिप्रेशन में क्लास ही नहीं गए। अटेन्डैन्स शार्ट हुई तो इम्तेहान में न बैठ पाए। सप्लीमैन्ट्री बैच में पहुंच गए। अच्छे छात्र थे, झटका लगा। झटके का असर था या ध्यानाकर्षण प्रस्ताव अगले 6-8 महीने में पूरी किताब रट डाली। वैसे मेडिकल कॉलेज में सप्लीमैन्ट्री के सबसे बड़े कारणों में इश्कबाजी और पहले ही साल में बड़े डॉक्टर साहब बन जाना थे, रैगिंग के अलावा। कुछ इश्क से प्रेरणा भी पा जाते थे। अपने लाल जनवरी की सर्दी में अंडरवियर में रट्टा मार तपस्या करते

मिलते अक्सर। फलसफा यह कि सर्दी में सर्दी लगे, यह प्रकृति चाहती है।

अपने मनोहारी लाल को तो प्रेरणा प्रताड़ना कुछ न मिली दूसरी ओर से। ये तो हिट विकेट हुए। सुनते हैं इनके बॉल पेन की क्लास में रिफिल खत्म हो गयी। उन्होंने स्पेयर एक पुराना–धुराना पेन इन्हें दे दिया। इन्होंने पेन तो कागज को न लगाया, बात दिल को लगा ली। वो पेन एक बार दाएं–बाएं हो गया तो ये गुमसुम मोमबत्ती दो–तीन दिन घूरते रहे। इस भुतहा एक्ट से, डर कर नहीं, चिढ़कर हमने वैसा ही सड़ा सा एक पेन कहीं से लाकर इन्हें सौंपा तो मोमबत्ती का पीछा छूटा। शुक्रिया मोमबत्ती बेचारी क्या देती, उसने तो साथ दिया अगली रात भस्म होकर हॉस्टल की लाईट जाने पर। शुक्रिया अपने लाल ने दिया। किसी को दावत नहीं देता था, हमें दी अपने जन्मदिन की... वो भी रेस्टोरेन्ट में। रेस्टोरेन्ट कुछ ही थे शहर में। बाहर खाने का चलन कम था। जेब में पैसे भी नहीं होते थे। मूवी भी दिखाई। और यह सब एक सड़े से बॉल पेन के लिए, जिससे अब तक कुछ लिखा भी नहीं गया। पता नहीं लिखा जाता भी था या नहीं। इश्क क्या–क्या नहीं कराता!

मुंह से बदबू आती, जनाब के नाम 'एनसथिसिया' पड़ गया था। नाम तो और शानदार भी पड़े। शानदार दिल जरूर था बंदे का और दिल घायल था। जेब भी टाईट थी पर घायल दिल फिर भी बड़ा था। बंदे ने फोर कोर्स डिनर प्लान किया था। सूप से शुरूआत की। सूप अच्छा था, आइसक्रीम तक आना था। हम तीन थे उसे मिलाकर। बजट में सारे कटौती प्रस्ताव वो अपने खाते में डाल रहा था। प्लेटों की मैन्टल मैथ भी संभाल रहा था घायल दिल के अलावा। हमें आनन्द आ रहा था, उसे बिल की टेन्शन। बार्डर पर बिल निपटा। औपचारिकतावश उसने 'कुछ और पूछा' तो मैंने सूप एक और पिलवाने की फरमाईश कर दी। बिल ज्यादा फटा था या दिल, पता नहीं पर बर्दाश्त के बाहर का मामला था। उसने आईसक्रीम के बाद सूप की मांग पर व्यवस्था का प्रश्न

उठा लम्बा भाषण दागा। मैंने प्रस्ताव वापस ले लिया। हांडी का मुंह भले चौड़ा हो, बिल्ली को तो शर्म होनी चाहिए।

मैंने पेन सेट बर्थ डे प्रेजेन्ट में दिया। वो संतुष्ट दिखा। हमारे दोस्त ने उसे दिया टूथपेस्ट और टूथ ब्रश।

अगले एक महीने राम राम भी बंद रही।

17. स्वतंत्रता सेनानी

बचपन में हमारी माता जी ने हमारी नींद बहुत बार, 'उठ जाग मुसाफिर भोर भयी' और 'लाये हैं तूफान से किश्ती निकाल के, इस देश को रखना मेरे बच्चों संभाल के,' सुना–सुना कर खराब की। वहां किश्ती निकली, नहीं पता, अच्छी खासी नींद की तो पक्का डूबती थी। बताया गया नाना जी स्वतंत्रता सेनानी थे। कुछ बड़े हुए तो पता चला देश गुलाम था। लोग, जो आजादी के लिए लड़े, उनमें नाना जी भी थे। हाव–भाव, कद–काठी से सीधे–सरल से बुजुर्ग थे। 'स्वतंत्रता सेनानी' शब्द भारी सा था उनके लिए। दिखते तो खैर गांधी जी भी ऐसे ही थे।

गांव में खेती थी। छुटपन से पारिवारिक अनबन में घर छोड़ दिया। बिहार (आज के झारखण्ड) के झरिया धनबाद चले गये। वहीं के हो गए। माता जी का जन्म भी वहीं हुआ। मेहनत, मजदूरी और अपने बलबूते ही बने, जो बने। हिम्मत और घुम्मकड़ी मिजाज में थी, व्यापार में काम आयी। तरक्की की। ज्यादा पढ़े–लिखे नहीं थे। उर्दू का अखबार 'मिलाप' मंगाते थे। गांधी उनके भगवान थे। 'अंग्रेजों भारत छोडो' में जेल पहुंच गए। ऐसे बहुत से हिन्दुस्तानी उन दिनों आम थे। लोकल कांग्रेसी उन्हें जानते थे। वो उन्हें एक बार तत्कालीन प्रधानमंत्री इंदिरा जी से मिलवाने ले गए। ऐसे बुजुर्गों की इन्दिरा जी तक बड़ी इज्जत रही। इंदिरा जी ने पूछा कि वो कुछ काम आ सकती हैं? इनका जवाब था, ''हम तो नेहरू जी की बेटी से मिलने आ गए! जेल हम किसी और के नहीं, अपने देश के लिए गए। उसका कैसा मुआवजा, कैसा नाम–इनाम?'' सुनते हैं साथ इमरती और इलाके की मशहूर बालूशाही ले गए थे। ऐसे लोग काफी थे और उस जमाने में कोई छीन झपट थी भी नहीं। वो आजीवन अंधभक्त

कांग्रेसी रहे। यहां तक कि आपातकाल के दौरान जब दामाद जी की जेल जाने की बारी आ गयी, तब भी उन्होंने कांग्रेस का ही झण्डा बुलन्द रखा। ऐसे बहुत से लोग तब कांग्रेस पार्टी की ताकत थे। जब वो स्वर्ग सिधारे, मैं तीसरी–चौथी में था।

मुझे याद है वहां गांव कुटुम्ब में यह नाराजगी थी कि आजादी में जेल गए और इन्दिरा जी से कुछ लिया भी नहीं। बच्चों का ख्याल ही नहीं किया। हालांकि प्रोपर्टी वो खासी छोड़ गए थे और घर की ही नहीं कुटुम्ब की भी सब सामान्य जिम्मेदारियां वो जीते जी निभा कर गए थे। नाराजगी उन लोगों से भी थी जो बिना कुछ करे स्वतंत्रता सेनानी बन बैठे और गम स्वतंत्रता सेनानी कोटे की सीट या पैट्रोल पम्प का था। उनके साथ मेरा समय कम गुजरा था। कभी–कभार स्कूल की छुट्टियों में। पंजाब से बंगाल तक वो घुमक्कड़ी और व्यापार में घूमे थे, कई खास किस्से थे उस दौर के उनके पास। एक किस्सा बहुत खास था उनकी कम उम्र का, शहीदे आजम भगत सिंह जी की फांसी का। वो इत्तेफाक से लाहौर में थे। संघर्ष के दिन थे। उनके भी और देश के भी। लाहौर जेल के बाहर भीड़ इकठ्ठा होनी शुरू हो गयी थी। वो भी भीड़ में थे। उम्र काफी कम थी। ज्यादा कुछ समझ आया नहीं, बस जोश था। बताते थे कि भीड़ इस कदर बढ़ रही थी कि घबराकर अंग्रेजों ने फांसी एक दिन पहले लगवा दी। बाहर हजारों लोग हाथों से ही वहां की मिट्टी खोद खोद कर सर लगा रहे थे, साथ ले जा रहे थे। खासा गढ्ढा वहां हो गया था। बताते हुए वो भावुक हो जाते थे।

मेरी समझ में तब या कभी नहीं आया कि जब हजारों लोग जेल के चारों ओर थे तो गढ्ढा क्यों खोद रहे थे? जेल की नींव खोदते और भगत सिंह जी को छुड़वाते! वहां अंग्रेज थे ही कितने? मैं सोचता था।

भीड़ आज समझ आती है। सिर्फ गांधी या भगत सरीखे ही आजाद थे या वो जिसे उन्होंने छू लिया। बाकी सब कोटा और पम्प हैं।

18. जलपरी

सात महीने से फौज राजस्थान के रेगिस्तान में थी। हम गर्मी से बेहाल। हमारी लोकेशन बार-बार बदलती। एक लोकेशन के पास नहर बहती थी। 'जल ही जीवन है', स्कूल के जमाने से पढ़ रहे थे। जल जीवन का आनन्द है, नहर देखकर एकदम अहसास हुआ। फौज है कोई मौज नही। इतना पास होकर भी हम दूर थे आनन्द से। परमिशन नहीं थी। हालाँकि इतना बहाव तेज नहीं था और गहराई 5 फिट से ज्यादा नहीं थी। कुछ जगह ज्यादा थी, ऐसा सुना पर समस्या गहराई या बहाव नहीं, परमिशन थी। तैरना आना भी काफी नहीं होता, परमिशन बिना।

मेडिकल ओ0सी0, ए डी एस का कार्यभार मेरे ऊपर था। ए डी एस छोटी सी यूनिट और गिने-चुने लोग। उसमें भी 95 प्रतिशत बंगाली, बिहारी और दक्षिण भारतीय ज्यादातर तैरना जानते थे। ब्रिगेड की दो पल्टनों के साथ मैं रह चुका था। दूसरे दिन ही बंगाली एम्बूलेन्स ड्राईवर नहर पर कपड़े धोता मिला, धीरे-धीरे और लोग भी। कोल्ड रूम भी नहर के पास पेड़ के नीचे ही खोदना ठीक लगा। चौथे दिन मैंने भी नहर का ट्रायल

ले लिया। पानी में आनन्द आया। पानी में बहती कांटेदार पेड़ की टहनी–झाड़ से छाती पर खरोंच पड़ गयी। मेडिकल ड्रेसिंग रूम में खरोंच पर सेवलोन लगा कर उसकी साफ–सफाई की तो जाहिर है नर्सिंग असिस्टेंट ने पूछा कि कहां और कैसे लगी? एम्बूलेन्स असिस्टेंट ने कहा, ''मेजर साहब को जलपरी मिली और छाती पर ऑटोग्राफ दे गयी।''

बी एफ एन ए (बैटल फील्ड नर्सिंग असिस्टेंट) कॉडर ट्रेनिंग मैं ए डी एस पर चला रहा था। जंग और व्यक्तिगत जीवन में यह काम की ट्रेनिंग है, फर्स्ट एड और छोटे–मोटे इलाज के लिए। पल्टनें इसकी महत्ता नहीं समझती और जवान इसमें ज्यादा रूचि नहीं दिखाते। इमरजेन्सी में यह ट्रेनिंग जान तक बचा सकती है। सियाचिन में अपने अनुभव से यह बात मैं दावे से कह सकता हूं। पर मुद्दा यह नहीं 'जलपरी' था। पानी का आनन्द सब ले रहे थे, छुप–छुप कर ही सही। इस खुफिया कारवाई का कोड नेम पड़ा, 'ऑपरेशन जलपरी।' गरमी से सारी फौज त्रस्त थी। पल्टनों में मौका नहीं था इस आनन्द का। बी एफ एन ए कॉडर के लिए पल्टनों में भी वालंटियरों की एकाएक गिनती बढ़ गयी। सांप पकड कर सांप काटे की क्लास चली थी तो भी रूचि बढ़ी थी। आनन्द और तमाशा सबको चाहिए।

खुफिया तौर पर ऑपरेशन जलपरी चालू था और जब सब छुप्पम छुप्पा खेल ही रहे थे तो मैंने अनौपचारिक तौर पर अच्छे तैराकों की ड्यूटी लाईफ गार्ड की तरह लगा कर मानो स्वीमिंग ट्रेनिंग कैम्प ही शुरू करा दिया। धूप–गर्मी से बिमार का आधा इलाज ही पानी था। बेहाल जिन्दगी में मानो बहार आ गयी थी। जब आराम से हासिल हो तो बड़ी से बड़ी नियामत की इंसानी फितरत कद्र नहीं करती और ना कुछ हो तो छोटी से छोटी चीज से भी इंसान अपने को निहाल मानता है।

दुख सदा नहीं रहता। रहता सुख भी नहीं। बुराई करने वाले ही नहीं, तारीफ भी लोगों की कब्र खुदवाती है। फिर हमने तो

नर्क भुगत रहे लोगों को जन्नत दिखाई थी। हमारे मुरीद भी अब बिखरे पड़े थे। जी ओ सी जनरल साहब का सहायक तक ट्रेनिंग किया था जन्नत में। शिकायत ब्रिगेड या पल्टनों से नहीं, फील्ड अस्पताल के कमांडिग ऑफिसर साहब से आयी या उनके माध्यम से आयी। सारांश था, बिना परमिशन कुछ नहीं। दलील थी फौज का तौर–तरीका और दुर्घटना की आशंका। पर मैंने भी स्वीमिंग ट्रेनिंग की महत्ता का एक नोट और सौ प्रतिशत स्वीमिंग ट्रेन्ड ए डी एस यूनिट की रिपोर्ट फील्ड अस्पताल और ब्रिगेड को भेज ही दी। जन्नत के सामने के दरवाजे बन्द हो गए। कुछ ही दिन में लोकेशन भी बदल गयी।

दो–एक महीने बाद जी ओ सी साहब से सीधी मुलाकात हो गयी। जनरल साहब से परिचय कराया गया तो वो मुस्कुराए और पूछा, ''जलपरी से मुलाकात हुई?'' कहना तो चाहता था कि जी हुई पर जालिम जमाना बीच में आ गया। चलते–चलते हँसते हुए बोले, ''ऑपरेशन जलपरी वाज ए डैम गुड आईडिया।'' मैं भी हँस पड़ा।

मन में इज्जत बढ़ गयी 'पानी' की।

19. जीजा जी

उन दिनों बारातों में जाना अपने आप में उत्सव था गांव-देहात में। आजकल लोगों में शौक खत्म तो नहीं, कम जरूर हुआ है। मुझे शौक उन दिनों में भी नहीं था। इसीलिए छुटपन की उस बारात की बस में भी मैं नहीं था। जो बस में थे, सब को शौक था और पिटे उस दिन।

पूरब के उन गांवों में रिश्तेदारी कम ही करते थे उन दिनों। धरती इतनी उपजाऊ थी नहीं और पानी भी उन इलाकों में कम था। हम थे गंगा-जमुना के दोआबे वाले प्रकृति के लाड़ले बिगड़ैल बच्चे। कुटुम्ब के एक भाई साहब ब्याहे थे उस इलाके में और उनकी ही सरदारी चली इस रिश्ते को करवाने में या ऐसा बताया गया। वैसे हमारे आसपास ही एक गांव के बारे में प्रसिद्ध है, 'झटकी गांव भाईयों का उसमें राज लुगाइयों का।' भाई साहब के दुबारा सेहरा बंधा था। पहला अपने ब्याह का, दूसरा अब किसी का ब्याह कराने का। चौधर से ऐसे खुश थे, मानो उस पूरे इलाके के जंवाई या जीजा जी हों।

वैसे तब जंवाई घर का नहीं, गांव का ही होता था। लड़की घर से नहीं, गांव से विदा होती थी। इलाका भी मान रखता था। मान तो सर उतारने से पहले पांव पूजने तक का रखा जाता था कुछ जगह। वैसे भी पूज्यनीय तो चरण कमल हैं, सिर थोड़े ही है। चौधर में फूले जीजा जी एक अलग बस का खर्चा खुद वहन कर रहे थे। वैसे बस या जीप के ड्राईवर को शुरूआत में ही दिल दरिया से दो पैग निकाल गटकवा देना जहां समझदार मसखरी हो, वहां तो सब समझदारी ही है। बड़े बुजुर्ग चढ़े एक बस में और लौंडे-लपाड़िये व लफाड़ बुजुर्ग चढ़े दूसरी बस में, पहली को रवाना कर।

खुद खुश थे, ड्राईवर को खुश कर दिया। रास्ते में खुशियां और बँटी। पहुंचते–पहुंचते खुशियां लबालब थी बस में। पहली बस की परवाह खुशियों में दब गयी। लड़की वालों के गांव के पास बाजार के संकरे रास्ते में भीड़ थी। अन्धेरा सा हो चुका था और ठण्ड भी थी। बस एक वाहन से टकरा गयी। लड़के वाले या बाराती अलग ही सामाजिक ओहदा प्राप्त प्राणी होते हैं यूं भी, और यहां तो मूड में भी खुशियां बिखर चुकी थी। पर वो वाहन मालिक एकदम अज्ञानी असामाजिक था। गाड़ी में खरोंच या डेन्ट परम्पराओं से ऊपर थोड़े ही है? फिर भी बहस कर बैठा। रंग में भंग पड़ा तो जीजा जी ने ही सबसे पहले आपा खोया। वैसे किसी को ठीक से याद भी नहीं किसने कब क्या खोया। कुछ एक को ही होश था तो उनकी सुनता कौन है? किस्से तो बहादुरों के ही लिखे जाते हैं। किसी ने हाथ छोड़ दिया और लिखे गए किस्से ईंट और डण्डों से। लोकल बाजार और गांव वाले सैंकड़ों की तादाद में इकट्ठा हो गए और बस से खींच–खींच कर पीटा गया। कई के तो बारात के लिए नए सिलाए कपड़े तक फाड़ डाले।

सबसे ज्यादा आतंक मचाए कुट रहे आदमी की डंडा सेवा को मूला जी आगे कूदे तो जीज्जा जी 'साक्षात' को जमीन पर कुटते पाया। मूला जी का खून खौल गया। उन्होंने, ''जीजा जी को किसने हाथ लगाया'' की ललकार लगाकर लठ्ठ रिवर्स गेयर में चला दिया। उनके साथ कई और भी थे। पहले स्पष्ट था, अब समझ नहीं आ रहा था, कौन किसे पीट रहा है। गुस्सा इतना था कि झगड़ा रूकने पर उनसे गुस्से का कारण पूछा तब जाकर उन्हें सड़क पर कुटे पड़े जीजा जी की सुध आयी। अच्छी कुटाई से जैसे सड़क मजबूत बनती है, उस कुटाई से रिश्तेदारी मजबूत हुई।

जीजा जी को हल्दी इस बार ससुराल में लगी।

20. नेता जी

नेता जी का कद छोटा था और कुर्ता कड़क कलफदार घुटनों से नीचे तक का पहनते थे। सामने से लगता था कि कुर्ते में फिट हों। जज्बात में ही कॉलेज के जमाने में देश के बड़े नेता के सम्पर्क में आ गए। बस वहीं से जिन्दगी आबाद या बर्बाद हुई। सीधी-साधी जिन्दगी जी रहे होते, पूंछ में आग लगाकर नाचने लगे। वैसे बड़े-बड़े लोग उन्हें अब जानते हैं और जिले में हनक है।

नेता जी तब नेता जी नहीं 'युवा' थे। सिर्फ देश के उस बड़े नामधारी को जानते-मानते थे। तब तक सम्पर्क के नाम पर उनका एक दारोगा यार था और जिन्दगी ठीक गुजर रही थी। जनसम्पर्क में छह महीना बड़े नामधारी के लगातार साथ रहे सो उनके मुंह लगे भी हो गए। वो सड़क नाप रहे थे और इन पर घर परिवार की खास कोई जिम्मेदारी थी नहीं। नामधारी नेता हमेशा राष्ट्रीय और बड़े थे। भाग्य का खेल निराला। लायक थे और प्रधानमंत्री बन भी गए।

वो प्रधानमंत्री हो गए और विदेश यात्रा को रवाना हो रहे थे जब दौड़ते हुए युवा नेता जी हवाई अड्डे पहुंच गए। सब जानते

थे किसी ने रोका नहीं कलफदार कुर्ते में फिट नेता जी को। उनको परेशान देख प्रधानमंत्री जी ने कारण पूछा। वो ना पूछते तो भी नेताजी खुद कूद कर बताते और बताया भी कि उनके मित्र दारोगा का जिला पुलिस अफसर ने थाना बदल दिया है। प्रधानमंत्री जी यूं तो सरल मिलनसार थे और ये मुंह लगे भी थे पर वो भड़क गए। बोले, "अक्ल नहीं है कौन बात कहां, कब करी जाती है।" घूर कर देखा और सेक्रेटरी को देखने को कहकर व्यस्त हो गए।

हुआ क्या बाद में वो अलग कहानी है पर हमने दशकों बाद उनसे इस हिमाकत की वजह पूछी। उन्होंने बताया कि दारोगा जी उनके बचपन के यार थे और यार बाज थे। संघर्ष के दौर की पंचायती और खास कर शाम की पंचायती के साथी थे। प्रधानमंत्री से सीधा परिचय होने के बावजूद दोस्त का थाना बदला जाना तो डूब मरने की बात थी। मैंने पूछा, "लेकिन सीधे प्रधानमंत्री?"

वो बोले, "हमारा तो उनसे ही परिचय था, अब वो प्रधानमंत्री हो गए इसमें हमारी क्या गल्ती।" हमने कहा, "लेकिन दारोगा लेवल के काम के लिए प्रधानमंत्री?"

वो बोले, "हमारा कौन आई जी या डी जी पी यार था!"

मेरा उस दिन प्रजातंत्र में यकीन बढ़ गया।

21. किस्सागो

दादा जी बडे किस्सागो थे। दादी-नानी के किस्सों का जिक्र दुनिया भर में मिलता है। किस्से कहने के लिए साहित्यकार होना जरूरी नहीं। मन होना जरूरी है। मन उनका पूरा-पूरा था। मुझे कहानी-किस्से सुनने-कहने का शौक शायद उन्हीं से लगा, भाषणबाजी का पिता जी से। दादा जी का मामला दादी-नानी के किस्सो जैसा नहीं था। उनकी किस्सा बयानी में कोई खलल डाल दे तो, "लाख रूपये की बात का नास कर दिया," उनका तकिया कलाम था। किस्से वाकई बेशकीमती होते हैं और मुफ्त होते हैं। महंगाई या दुश्वारी किस्सों को आवाम की पहुंच से बाहर नहीं कर सकती बल्कि महंगाई और दुश्वारियां नए-नए किस्से बनाती हैं आवाम में, आवाम के लिए, मरहम की तरह। किस्से परचम बनते हैं, क्रांति भी। किस्से लोरियां भी हैं, भगवान भी। किस्से राजा के हैं... बस किस्से राजा नहीं हैं।

किस्से तो खैर दादा जी के भी बने।

पड़बाबा जी उन्हें डॉक्टर बनाना चाहते थे। उनका पढ़ने का नहीं, फौज और दुनिया घूमने का मन था। उनका मंत्र था, 'सैर कर दुनिया की गाफिल, ये जिंदगानी फिर कहां। जिंदगानी गर रही भी तो, नौजवानी फिर कहां।' ऊपर वाले ने उनकी सुनी और द्वितीय विश्व युद्ध में फौज की नौकरी के दौरान जनरल रौमैल के खिलाफ उन्हें अरब, अफ्रीका घूमने और कई जुबान सीखने का मौका मिला। सकुशल लौटे भी। जनरल रौमैल और 'बम फोड़ दारोगा' उनके पसन्दीदा कैरेक्टर थे। लाम पर रोटी शायद उन्हें ताजा न मिल पायी सो घर में रोटी उन्हें एकदम गर्मागरम ताजा और गोल-गोल फूली-फूली ही चाहिए थी। इसके किस्से अलग और बहुतेरे हैं। फौज में वो घर से भाग कर भरती हुए थे। सो बच्चों पर उनकी नैतिक ताकत कुटुम्ब में कमजोर थी। घर-गांव का उन्हें शुरू से ज्यादा पता नहीं था और बड़े बाबा जी को बहुत ज्यादा। सो उनका कमांड कन्ट्रोल भी नहीं था। बड़े बाबा ज्यादा पढ़े नहीं थे पर घर, गांव, इंसान जानते-पहचानते थे। बड़े बाबा पड़बाबा से मैनेजमेन्ट सीखे थे और उनके इकलौते राजदार थे। कुल मिलाकर बड़े बाबा जी की जमीनी पकड़ बहुत अच्छी थी और बाबा जी घूमे-फिरे पढ़े-लिखे होने के बावजूद जमीनी मामलों में कमजोर ही थे।

पढ़े-लिखे होने के कारण लोग उन्हें 'मुंशी जी' बुलाते थे। दो-दो अखबार पढ़ते थे। अखबार का काम पढ़े-लिखो से था। पढ़े-लिखे कम थे। अखबार और अरबी-फारसी से गेहूं-गन्ने की खेती होती नहीं थी। हुक्का-गुड़गुड़ाने वाले मिलते, वो भी गिने-चुने। पंचायती हुक्का भी नहीं जमता इससे तो। मुझे उनका हुक्का पसन्द था किस्सों के अलावा। इस चक्कर में चिलम भी भर देता था। हुक्के की गुड़गुड़ाहट और तम्बाकू की खुशबू अच्छी लगती। एक-आध बार मैंने गुड़गुड़ा भी दिया। हालांकि खाली पानी वाला गुड़गुड़ाया था पर फिर भी वो लाठी लेकर पीछे दौड़े। घर के सामने कीचड़ थी। मैं कूद कर पार हुआ और वो फिसल

कर गारे में लोट–पोट। वो खुद तम्बाकू से गुड़गुड़ाएं और हम खाली पानी से भी नहीं! मैंने हुक्का ही तोड़ दिया।

मैं फिर गांव जाने को तैयार ना हुआ तो खासी मान–मुनव्वल हुई। मेरी कई शर्ते भी मानी गयी। उन दिनों तो खाना–पीना, किताब, खेल–खिलौने से ज्यादा कोई और मांग होती नहीं थी। हुक्का शर्तों में नहीं था और खिलाने का उनका तरीका अजीब था। कस्बे के बाजार में एक तरफ से चखते–चखवाते फल आदि। चखने–चखवाने में कोटा पूरा हो जाता। फिर थोड़ा बहुत कुछ खरीद लेते। मैंने उनकी चालाकी का भी एक बार भण्डा फोड़ कर दिया। हां, वो हॉकी के खिलाड़ी थे। वो थोड़ी बहुत उन्होंने जरूर सिखाई। उर्दू भी सिखाई। उनका मानना था कि बोलना ही उर्दू वालों को आता है। उर्दू वो सिखाना चाहते थे पर हमने ही थोड़ी बहुत सीख कर टाल कर दी। जो जुबान हुकूमत और रोजगार से न जुड़े, वो पनपती नहीं। उर्दू छोड़ो संस्कृत को देख लो। हमने अंग्रेजी सीखी।

उनके पास शेख सादी, मुल्ला नसरूद्दीन के किस्से बहुत थे। बस सुनने लायक आस–पास कोई नहीं था। यह बड़ा दर्द था और है, अच्छे किस्से को अच्छा श्रोता न मिलना। हिन्दुस्तान में तिजारत और हुकूमत करने आए लोग जंग के अलावा और बहुत कुछ लाए थे। जंग खत्म हुई तो लोग मिले और अपने–अपने खजाने को जब उन्होंने आपस में बांटना शुरू किया तो भारत और समृद्ध हुआ। यह देश का भक्ति काल या सूफी काल था। दादा जी जंग में गए थे अरब अफ्रीका और बहुत कुछ लाए थे वहां से। बहुत कुछ लाए एक ऐसी जगह जहां कोई कद्रदान ही नहीं था। कद्रदान क्या कोई समझने वाला ही नहीं था।

दादा जी को पड़बाबा जी डॉक्टर बनाना चाहते थे, वो भाग कर फौज में भरती हो गए। दादा जी अपने बेटे को फौज में अफसर बनाना चाहते थे। बेटे बाप की ही नहीं बनी, सो वो नहीं

बने। हम डॉक्टर और फौजी अफसर दोनों बने। दादा-परदादा की आत्मा को शांति हो। हम डॉक्टर नहीं बनना चाहते थे और अब बन रहे हैं किस्सागो। हमारे पिताजी हमें डॉक्टर, फौजी अफसर कुछ नहीं बनाना चाहते थे। वो किस्सा अलग और आगे है।

सोचता हूं काश दादा जी किस्से लिख डालते। पढ़ना चाहता कोई तो पढ़ लेता। इसलिए मैं लिख दे रहा हूं 'अच्छा बुरा'।

22. बाबा नटवर लाल

कोई ऐसा सगा नहीं, जिसे गुरू जी ने ठगा नहीं। कद पांच फुट से नीचे का ही और काठी तेज हवा में उड़ने वाली। दिमाग तेज था और जब पहली बार उनसे मिला तो वो हवा ही में उड़ रहे थे। दोनों हाथ वी आई पी गेस्ट हाऊस के दो कर्मचारियों के कन्धे पर थे और पैर मुश्किल से जमीन छू पा रहे थे। शायद यह 'पांव जमीन पर न होना' वाली कहावत को शब्दशः चरितार्थ करने का मामला था। उनको कॉरिडोर से कमरे तक लाया जा रहा था। एक हाथ में महंगी व्हिस्की थी, दूसरे में सौ-सौ के नोट की गड्डी। तीसरे आदमी ने सुलगा कर मुंह में सिगरेट लगायी तो मालिक ने गड्डी से सौ का नोट टपका दिया। बात 90 के दशक के आखिर की है। उनका सितारा बुलन्दियों पर था और वो लुढ़कने की तैयारी कर चुके थे।।

वो आसपास के इलाके के ही निकले हालांकि दूर-दूर तक अंदाजा नहीं था। मैं फौज में था और दिल्ली छुट्टी पर किसी काम से आया था। मेरा खास परिचय नहीं था पर उन्होंने मुझे दिल्ली में अपनी गाड़ी से छुड़वाने की पेशकश की। उन दिनों वो एक ही रंग की तीन चमचमाती गाड़ियां लेकर चलते थे। एक गाड़ी खड़ी थी मय ड्राईवर पर, वो बोले, "फौजियों की वजह से देश बचा हुआ है। गाड़ियां तो तीनों जाएंगी आपके साथ।" उधर वो दोनों गाड़ियों को बुलाने चले, इधर मैं ऑटो रिक्शा से निकल लिया। सुना दिलदार थे पर आदमी नटवर लाल थे। बड़ा बनने-दिखने का शौक उन्हें हमेशा था।

कुछ एक महीने बाद टी.वी पर दिखे खबरों में और वो भी पुलिस की हिरासत में। एक महिला पत्रकार उनसे सवाल पूछ

रही थी और वो उसे धमका रहे थे एकदम देसी आडूकट अंदाज में। चेहरे पर घबराहट बिल्कुल नहीं थी। अब वो दुनिया भर की चर्चा का केन्द्र थे सो चर्चाओं के माध्यम से हमारा उनके विराट व्यक्तित्व से परिचय हुआ।

उत्तर भारतीय थे पर कॉलेज की पढ़ाई दक्षिण से की। डोनेशन कॉलेजों के सम्पर्क में आए और एडमिशन कराने के धन्धे में। उन्होंने उत्तर–दक्षिण एक कर दिया। जेब में पैसे होते तो दावत में साथियों पर हजार फूंक देते और वक्त पर किसी भी साथी को सौ रूपये का चूना भी लगा देते। ये धन्धे, बिना नेता–अधिकारी नहीं होते सो वो सम्पर्क बनाकर रखते थे। नया प्रभावी क्षेत्र उन्हें न्यायपालिका मिला। कोर्ट कचहरी की सस्ती और पक्की मारक क्षमता उन्हें जल्दी ही समझ आ गयी और उन्होंने करीबी बढ़ाई। मन उनका पंचायती और नेताओं में ही रमता था। बड़बोले थे और शौक बहुत था पीने–पिलाने का। इसीलिए लंका भी लगी।

आईडिए वो हमेशा अलग और काम के लाते थे। ''अगला फैशन 'योग' है, उसमें इन्वेस्ट करो,'' उन्हीं ने बताया। एक गुरूघंटाल योग गुरू के साथ मिलकर जाल भी बुना खासकर विदेशी मछलियों के लिए। यों देसी बाजार भी खासा बड़ा था। घंटाल की निकल पड़ी। घंटाल के पास धन्धे का आइडिया और हुनर था, मेहनत भी। ये सहयोगी थे मछलियाँ फंसाने में और छोटे–मोटे निवेशक। उसे नए और बड़े मिल गए। ये घंटाल से आज तक नाराज हैं और जलते भी हैं।

कुछ बड़ा करने, देश के लिए करने और जमाने में छा जाने का जज्बा इनमें हमेशा था। ऐसी किसी मुहिम और मोर्चे की इन्हें हमेशा तलाश थी। यह मात्र ठगी की योजना थी या दैवीय प्रेरणा, ईश्वर जाने, पर इन पर भगवान मेहरबान हुए जरूर। दूसरे धन्धे ठण्डे थे। उग्रवाद और आतंकवाद ग्रस्त अशांत क्षेत्रों में महीनों–महीनों बंद स्कूल और कॉलेजों के छात्रों की पढाई व

भविष्य की इन्हें चिन्ता हुई। इन बच्चों के देश की मुख्य धारा से कटने का खतरा था। अतः देश की एकता अखण्डता के लिए उन्हें मुख्य धारा में लाना जरूरी था। शिक्षा और रोजगार इन्हें सही माध्यम लगा। एक सुझाव पत्र बनाकर यह अफसर शाही और नेता नगरी में भी घूमे पर लोग भी तो ट्रांसफर पोस्टिंग, चुनाव, ठेकेदारी के आगे नहीं सोच पाते। दुस्साहस, हर तरह का दुस्साहस इनका स्वाभाविक गुण है। काम आया। इन्होंने खुद ही सरकार बनने का फैसला किया।

एक प्लॉट जिस पर बीबी कुण्डली मार कर बैठी थी, बेटी की शादी के नाम पर, इन्होंने फर्जीवाड़ा कर बेच डाला देश की एकता–अखण्डता की खातिर। पैसे अण्टी कर ये एक उग्रवादग्रस्त अशांत राज्य में डेरा डाल दिये। अपनी राष्ट्रवादी योजना के समर्थन में सहमति पत्र दिल्ली के कुछ बड़े–छोटे नेताओ के इनके पास थे। देश के जिस भाग में लोग जाने से डर रहे थे या भाग रहे थे, गुरूघंटाल ने वहां दफ्तर खोला किराये पर और अखबारों में विज्ञापन छपवाए। बसों में धक्के खा–खाकर राज्य नाप डाला। इनके पीछे घर में, भाग जाने या जिन्दा न होने की अनेक अनिष्ट अफवाहें चली पर गुरू ने तपस्या ना तोड़ी सिर्फ सम्पर्क तोड़े रखा पुरानी दुनिया से सालभर। प्लाट बिकने का राज खुल चुका था। अखाड़ा सज गया वहां।

अखाड़ा यहां भी सज गया। लोग तो डर और लालच में पत्थर को भी भगवान मान लेते हैं, ये तो हाड–मांस के साक्षात निडर तपस्वी थे। जो वो कर रहे थे, सरकारें भी नहीं कर रही थी। जनता को आस चाहिए, उन्हें दिखी। आशा ही आदमी को कठिन वक्त में खडा रखती है, साहस देती है। आदमी को तिनके और पत्थर का भी सहारा बहुत। बाबा की मजार पर अब चढ़ावा चढ़ना शुरू हुआ। उन्होंने एक सेक्रेटरी और कई स्टाफ भी रख लिया। जनता समस्या और समाधान दोनों बताती है। राज्य में कई हजार नौकरियां खाली पड़ी थी। दशकों से पढ़ाई चौपट थी और राज्य में आवश्यक डिग्रीधारी उम्मीदवार थे नहीं। बाहर वालों

को राज्य में नौकरी मिल नहीं सकती थी। सेक्रेटरी ने नब्ज पकड़ी और बाबा नटवरलाल के पीछे अब कई हजार लोग एकाएक खड़े हो गए तन, मन, धन से। तयशुदा सरकारी नौकरी मिलना, भगवान मिलने जैसा है देश में।

बाबा नटवरलाल हजारों लोग और करोड़ों रूपये लेकर चढ़ाई किये दिल्ली पर। जनता साथ और रूपया गांठ हो तो सब सुनते हैं। प्लॉट वाले के पास प्लॉट था और पैसा बीबी के मुंह पर मारा दुगना तो उसकी नाराजगी चुप हो गयी तत्काल। खत्म तो ना हुई। आखिर सात फेरे लिए थे। रोज फेरे अब सत्ताधीशों, मठाधीशों और सरकारों के शुरू हो गए। चुनाव लड़ रहे होते तो आसान था पर अब तो काम था। काम की पूर्ति काम से ही होती है। बाबा गिरी तो प्रवचन आर्शीवाद से भी चल जाती है। पैसा संकट मोचक बना और भीड़ सहारा।

कुछ अखबार वालों की दावत की। दावत देने में तो उन्हें हमेशा से मजा आता था। बढ़िया खबर छपी। माहौल बना और समर्थकों की आस विश्वास मजबूत हुए। माहौल बना तो कई छोटे–बड़े नेता साथ आए। मुहिम को बल मिला। वातावतरण निर्माण तक यह सब ठीक था, अब जरूरत निर्णायक हस्तक्षेप की थी। एक विश्वविद्यालय के पूर्व उपकुलपति से मामले की पेचीदगियां समझी गयी। समझ आया, 'ज्यादा गहरे में मत जा गालिब, डूब जाएगा।' दांव फिर अपने स्वाभाविक गुण 'दुस्साहस' पर खेला गया। एक विश्वविद्यालय के खाऊ उप कुलपति के दलाल की जेब में पचास हजार डालकर मीटिंग तय की गयी। दस लाख झोले में डाले और बैठे उपकुलपति जी के सामने चर्चा पर। उपकुलपति जी ने अवरोध गिनवा दिए। मूलभूत ढांचा न होना, शिक्षकों की कमी और सबसे महत्वपूर्ण प्रावधान का ही न होना। नटवर लाल जी समस्या नहीं, समाधान में विश्वास रखने वाले प्राणी थे सो सब समस्या सुलझा दी।

क्लास वहीं शाम को भी हो सकती है, वैसे भी बच्चे आते ही कितना हैं। चाक डस्टर का ही तो खर्चा था। शिक्षकों की तनख्वाह छात्र देंगे। 'सेल्फ फाइनेन्स' शब्द इस्तेमाल हुआ। जो दुविधा बची थी, उसका समाधान भी बाबा के झोले में था। एक हफ्ते के भीतर ही बाबा उपकुलपति जी का राष्ट्रीय एकता—अखण्डता के इस अभूतपूर्व यज्ञ में, संवेदनाओं से भरा आहूति स्वरूप सहमति पत्र लेकर प्रदेश की राजधानी में थे। मकसद राज्यपाल जी का आर्शीवाद था। झोला काफी बड़ा किया और मार्गदर्शन इस बार राज्यपाल जी के प्रतिभाशाली शौकीन बेटे का लिया। चर्चा हुई सीधी और देसी। बाबा बोले, "म्हारी औकात तो जी बस थारे बालक के दिवाली की मिठाई भर की है पर थारी औकात तो देश भर के बच्चों की जिन्दगी में दिवाली लाने की है जी। यूं देश के बालक ठाल्ले बेरोजगार घूमेंगे तो अपराधी आतंकवादी ही बनेंगे। देश की एकता—अखण्डता की खातर यो जरूरी है जी।" दर्जन भर पक्ष—विपक्ष के नेताओं के समर्थन पत्र और सुझाव सामने रख दिए। मिठाई का झोला भी खाली कर दिया।

राज्यपाल महोदय जी के दिल को नटवर बाबा की वाणी अन्दर तक छू गयी। राज्य और विश्वविद्यालयों के द्वार अशांत राज्यों के छात्रों के लिए खुल गये। नटवर बाबा ने देश की राजधानी में सहयोगियों का सम्मान समारोह आयोजित किया। हजारों छात्र और उनके अभिभावक शामिल हुए। वी वी आई पी भी लाईन लगा कर आए। धाक जम गयी। छात्रों और परिवारवालों की नजर में तो बाबा किसी पहुंचे पीर फकीर की हैसियत पा गए। सेक्रेटरी नौकरी ढूंढने आयी थी और अब बांट रही थी। होशियार थी और खेल पसन्द आ रहा था।

दिल्ली के आयोजन में ही नजर लग गयी एक पत्रकार महोदय की। प्लॉट वाले मामले में धर्मपत्नी जी ने ही मुकदमा कर रखा था बाबा और खरीदने वाले पर। मामला हाई लाईट हो गया या कर दिया गया। घर का मामला मान ढीला छोड़ रखा था।

कभी किसी एडमिशन की टोपीबाजी का एक पुराना मामला एकाएक उभर आया था। पैसा बह रहा था और पीने की पुरानी आदत थी। दारू झिलती कम थी, अक्सर पिटते रहते थे पीकर। पहले कोई जानता नहीं था अब हालात और थे। राजधानी के बडे होटल में पीकर हाथ छोड़ना महंगा पड़ गया और पुलिस व पत्रकारों से बहसबाजी भी। जेल पहुंच गए तो भोकाल टूटा। जिनके डंक दबे थे, उन्होंने भी फैला दिए। सेक्रेटरी सँभाल रही थी, वो भी लपेटी गयी। खाते फ्रीज हुए। धर्मपत्नी के पास मोटा पैसा रखवाया था उसका मुंह बंद करने और बुरे वक्त के लिए। जमानत को महंगा वकील किया, सैटिंग बिठाई। संदेश भेजा धर्मपत्नी को।

जवाब आया, "अपनी उस खूबसूरत काबिल सेक्रेटरी से ही करवा लो जमानत–वमानत सब।" अशांत राज्य के चाहने वालों ने कोशिश की तो उग्रवादियों से संबंधों को लेकर जांच बैठ गयी। साल बाद निकले बाहर। टेलेन्ट की देश घर में कद्र ही नहीं है, ऐसा आजकल बाबा नटवर कहते हैं।

23. रसदार

हमारा मित्र पूर्वोत्तर राज्य से था। फुटबाल में यारी हुई और चली। आदतें हमारी काफी अलग–अलग थीं। वो था घनघोर मांसाहारी, हम थे घांस–फूंस। वो दारू और पार्टी का शौकीन, हम पार्टियों में बोर होते और हमारे हिस्से की तो हमारे बड़े पहले ही पी चुके थे। काफी लोगों को हमारे साथ पर आश्चर्य था वैसे यारी दोस्ती के लिए एक जैसा होना जरूरी नहीं।

उत्तर पूर्व राज्यों का व्यक्ति काफी 'रसदार' है। खुशमिजाज और जिन्दादिल। ऐसा न भी हो तो भी मुझे जरूर लगा। नाचना, गाना और संगीत उसके लिए स्वाभाविक है। जिन्दगी जीना भी जानता है। चिंता ज्यादा नहीं करता। हालाँकि उनका नाच–गाना, उन्मुक्तता, पोर्क और बीफ दिल्ली व आस–पास के लोगों को काफी खटकता है। मैंने अपने इस मित्र को कभी अकेले खाते नहीं देखा। पूरा यारबाज था।

हम दिल्ली एक छात्र उत्सव में थे। उत्तर पूर्व से आने वाले एक बड़े राष्ट्रीय नेता के घर शाम को दिल्ली व आस-पास पढ़ रहे उत्तर पूर्व के राज्यों के छात्रों का जमावड़ा भी था। वो भारतीय सांसदीय राजनीति के उच्चतम पदों पर रहे थे और सक्रिय थे। उनका खुशमिजाज व्यक्तित्व और हँसता चेहरा नजरअंदाज करना मुश्किल था। उनसे मिलने की मुझे इच्छा-उत्सुकता थी। अखबार टी.वी पर कई बार देखा-सुना था। छात्रों में वो ऐसे घुल-मिल गए मानों उन्हीं में से हो। वो इतने ऊंचे पद पर रहे पर माहौल था एकदम अनौपचारिक। वो बरमूडा टी शर्ट पहन, घर में हॉल से सोफा हटवा कर छात्रों के साथ फर्श पर ही जम गए। कई लोग तो पसर ही गए। माननीय के गले में वॉटर बॉटल, कन्धे पर स्कूल बैग रख दो तो गोलू-मोलू स्कूली छात्र लगते एकदम। इस माहौल की आशा मैंने नहीं की थी। सुखद अनुभव था।

खाने में मुझ जैसे घांस-फूंस के विकल्प सीमित थे। सीमित क्या, सारी सब्जियां मिलाकर बनायी गयी... एकदम पानी-पानी एक सूप सी 'रसदार' सब्जी और चावल ही थे बस। बाकी सब मांस-मछली।

सब हाथ से खा रहे थे। माननीय भी। हमारी माता जी को चम्मच से खाने में आनन्द नहीं आता। दिक्कत मुझे भी नहीं पर 'रसदार' सब्जी उंगलियों से फिसल जा रही थी। माननीय ने देखा तो हँसे और मेरे दोस्त से बोले, "दोस्त भूखा मर जाएगा तुम्हारा।" खुद चम्मच मंगा कर दी।

बात दिल्ली व आस-पास पूर्वोत्तर राज्यों के छात्रों के सामने आने वाली समस्याओं से शुरू हुई और अलग-थलग पड़ रहे पूर्वोत्तर राज्यों के पिछड़ेपन तक पहुंच गयी। कारण इन राज्यों का छोटा, दूर और दुर्गम होना तथा कम जनसंख्या के कारण वहां से सांसद कम आना बताया। कई-कई महीने बाढ़ बारिश में देश इन राज्यों से कटा रहता। यातायात के मूलभूत ढांचे और स्वास्थ्य सेवाओं व उच्च शिक्षा संस्थानों का नितांत अभाव।

समस्यायें अनन्त। वह भी तब जब इन सीमावर्ती संवेदनशील राज्यों की सामरिक, रणनीतिक महत्ता सर्वविदित है और यहां साक्षरता देश के औसत से ज्यादा है। देश का नागरिक और हिन्दी भाषी होने के बावजूद, दिल्ली के आस-पास के लोगों का इन्हें असंवेदनशीलता से 'चीनी जापानी' कहना, इन्हें बहुत अखरता। यह एक आम शिकायत है।

उम्र और तजुर्बा कम था पर हम भी एकजुटता दिखाने को कुछ बोलना चाह रहे थे। हमने कहा, ''पूर्वोत्तर राज्यों को दिल्ली में इकट्ठा होकर अपनी ताकत दिखानी चाहिए।'' माननीय ने मेरी ओर देखा और उनके खुशनुमा चेहरे पर विषाद भरी हँसी आ गयी। बोले, ''हजारों किलोमीटर से दिल्ली आकर सिर्फ हम यह बताएं कि हम भी इसी देश के नागरिक हैं? अव्वल हमारा यूं बार-बार आना संभव नहीं और हो भी तो इसलिए आएं ही क्यों? दिल्ली के आस-पास के लोग यहां भीड़ इकट्ठी कर, दिल्ली की बांह मरोड़ अपनी नाजायज मांगे तक मनवाते रहते हैं। यह प्रजातंत्र नहीं भीड़तंत्र का ब्लैकमेल है। जिसकी भीड़ उसकी भैंस! वोटर हम भी इसी देश के हैं और हमें हमारा हिस्सा न्याय और प्यार से ही मिलना चाहिए वरना यह कल्याणकारी न्यायपूर्ण देश नहीं, वोटों का समीकरण भर है। आम आदमी की माफी हो भी जाए पर यहां तो 50 प्रतिशत से ज्यादा माननीय सांसद तक पूर्वोत्तर की इन सात बहनों की अलग-अलग विशेषताएं छोड़िए, नाम तक नहीं गिना पाते।''

मुझे कुछ सूझा नहीं। मुंह से निकला, ''मां भी बिना रोए बच्चे को दूध नहीं पिलाती।'' माननीय ने हँसकर जवाब दिया, ''मां दूध पिलाना भूल जाती है पर बच्चे को तो नहीं भूलती। देर-सबेर पिलाती तो है। फिर वो ठहाका लगाकर हँसे चिर-परिचित अंदाज में। बस ठहाके में भी गहरे दुख का तड़का लगा था।

सब्जी पूर्वोत्तर की बिना तड़का मसाला थी। रसदार पर उबली उबली सी।

24. उग्रवादी

उग्रवादी और आतंकवादी में फर्क है... बहुत कुछ समानता भी है। मेरी कश्मीर घाटी में नई पोस्टिंग हुई थी। श्रीनगर से उरी के रास्ते पट्टन में ही लड़की के एल.ओ.सी. (सीमा) पार हो जाने की खबर मिल गयी। पोस्ट पहुंचे तो पता चला घटना हमारे इलाके की ही है। लड़की मर्जी से गयी, अपहरण हुआ, कहीं गयी या नहीं गयी, स्पष्ट नहीं था। गायब थी, यह तय था। बाप मास्टर थे लड़की के। गांव का सामान्य परिवार। हफ्ते-दस दिन में मास्टर जी पूछताछ को हाजिर किये जाते फौज की सेवा में। उसकी एक चुप्पी सौ पे भारी थी। मुखबिर चोर फकीरा की खबर थी और पक्की भी।

शक और आरोप मकबूल 'जंगली' पर था। उस पर हिजबुल से संबंधों का भी शक था और फौज की नजर भी थी। उन दिनों

नेट मोबाईल आदि नहीं थे। साधारण फोन थे। झेलम नदी में जाल डालो तो खाली बोतलों में संदेश मिलते थे। 'सेब की फसल अच्छी हुई है इस साल।' फसल या सेब का मतलब कुछ भी हो सकता था। लड़की अगर पार गयी तो यूं ही नहीं पहुँची होगी? इतनी चर्चा है तो उधर की फौज को भी पता ही होगा। कुछ तो तालमेल रहा ही होगा। पार आना–जाना अजूबी बात नहीं थी, रोजमर्रा की भी नहीं। फौजी पल्टनें नक्शों, मॉडलों, पैट्रोलिंग से वहां 2–3 साल रहती थी। रौब से हथियारों के साथ। छुट्टियों और वापसी की योजना बनाते हुए।

गांव वालों का वो घर था पुश्त दर पुश्त। वो पहाड़, जंगल उनका आंगन। वो पीढ़ियों से वहीं पले बढ़े। पहाड़ और घाटी उनके खून में थी। हालात ने उन्हें अपने घर में घुसपैठिया बनाया। कबाईली, हूण, शक, कुषाण, तुर्क, मंगोल, मुगल उसी रास्ते आये। शताब्दियों से घाटी में लश्करों की कदम ताल ने लोगों को मजबूत चुप्पी सिखा दी थी, चालाकी भी। जिन्दा रहने का हर कौशल भी। कई सदियों का इतिहास उनकी मर्जी से नहीं था। वर्तमान भी नहीं था। अब वर्तमान में थे मुखबिर, चोर–फकीरा और मकबूल जंगली। इधर मुस्तफा मास्टर और उधर वो पार गयी लड़की। फौज दोनों तरफ थी। फौज भी मर्जी से नहीं, अपने फर्ज से चलती है। मजबूरी से भी, घर–परिवार से दूर, छुट्टियों को तरसती।

उम्र उस लड़के की 20–21 साल के करीब रही होगी। फोटो में वो एके–56 राईफल के साथ था। गांव से गायब भी। कोई खास–पढ़ा लिखा नहीं था। अपराधिक रिकार्ड नहीं था पर घाटी में एल ओ सी सीमा पर हाथ में एके–56 थामना उग्रवादी कहलाने को काफी है। फिर एके–56 कस्बे के फोटो स्टूडियों तक आई कहां से? फोटो थी लड़का गायब। पिछले ही साल लड़की गायब हुई थी। फौजी हलकों में चर्चा स्थानीय लड़के–लड़कियों के उग्रवादी संगठनों द्वारा रिक्रूट करने और बोर्डर पार आतंकवादी गतिविधियों में ट्रेनिंग की थी। फौजी माहौल

संवेदनशील था। लड़के का बाप नहीं था, मां का रो-रो कर बुरा हाल था। चुप्पी आदत में शुमार। चोर-फकीरा, मकबूल जंगली दोनों रोजी, कुरान और मां-बाप की कसमें खा रहे थे। गांव वाले भी 'कुछ नहीं पता जनाब' की रट लगाए हुए थे।

भारत और पाकिस्तान दोनों ने आणविक विस्फोट कर लिए थे। हालात तनावपूर्ण थे। गोलाबारी में एक 60-65 साल के सीविलियन गांव वाले को पैर में गम्भीर चोट आयी। जान के लाले थे। गोलाबारी में हमने वहां पहुंच कर इलाज देखा तो उसकी जान बची। इससे पहले माईन ब्लास्ट में एक गांव वाले का पैर उड़ा था। तब भी इलाज किया था। रोज दो-चार सामान्य मरीज आ ही जाते थे। गांव वालों से थोड़ा तालमेल था। नर्सिंग एसिस्टेन्ट से गांव वालों का थोड़ा ज्यादा मेल-जोल हो गया था। दबा हुआ आदमी सधा हुआ खुद ही हो जाता है। उसे बहुत कुछ देखना पड़ता है। दबाव रास्ते भी बनाता है, तोड़कर या धकेलकर। दरारें भी खोलता है। गांव बाहरी दबाव में एक हो जाता है पर दरारें तो होती ही हैं। एक दरार खुली।

कुछ ही दिन में हमें गांव के स्कूल में कार्यक्रम का न्यौता मिला। गोलाबारी में घायल हुए गांव के ही रशीद भट्ट को भी देखने गये। मास्टर मुस्तफा के परिवार से ही था। उसका पांव बच गया था। शुक्रगुजार था वो, गांव भी। उसके घर अखरोट का सूप या कहवा पीया। सब इत्तेफाकन था पर इत्तेफाकन हो नहीं रहा था। बातचीत चल पड़ी। मसले स्कूल, सेहत से लेकर सियासत और जंग के। उस दिन बात हो रही थी, तहकीकात नहीं। डॉक्टर वैसे तहकीकात ही करते हैं मर्ज की। मास्टर जी भी आज मास्टर जी ही थे। पेशी पर नहीं थे। यूं तो साल भर में उनसे कई मुलाकात हुई थी पेशी पर। उन्होंने मुलाकात आज ही की मगर... कम खोला पर मुंह खोला। फिर लड़की का बाप बोला, मास्टर चुप हो गया। बाप कम बोला पर काफी कुछ बोला। तजुर्बा जज्बात पर भारी। सध कर बोलना यहां आदत और तरबियत में हैं। खास कर हुक्मरानों से।

अब तक की हमारी तहकीकात और सवाल ही गलत थे। फौज भी तरीबयत और फर्ज से आगे नहीं देख पाती। यह फौजी पोस्ट नहीं, घर था शायद इसलिये सही सवाल निकल आया और बाजी पलट गयी। शायद इस सवाल के बाद मोर्चे और बाजी रह ही नहीं गयी। सवाल सीधा और स्वाभाविक सा था, "हम आपकी क्या मदद कर सकते हैं?" गोलाबारी में जान जोखिम में डाल कर जान बचाने वाले फौजी डॉक्टर ने पूछा था इसलिए भी सीधे से सवाल में वजन बहुत था। फिर यह सवाल नहीं था, मानवीय पेशकश थी। सच उगल पड़ा, गुत्थी सुलझ गयी।

आजादी के पहले से भट्ट परिवार की खासी जमीन-जायदाद थी। उनके अखरोट के बड़े बाग एल ओ सी के पार बँटवारे में रह गये। बँटवारे की लकीर उन्होंने नहीं, मुकद्दर, जंग और फौज ने तय की। लकीर गांव में नहीं, दिल्ली, इस्लामाबाद में तय हुई। इंसानी रिश्तों और जज्बातों को तय जंग और सियासत तब कर नहीं पायी। वो जानवरों, हवा पानी जैसे थे, इधर से उधर तक। एक-आध पीढ़ी यूं ही चले भी। भट्ट परिवार को बाग का पैसा मिलता रहा। पीढ़ी, नीयत, वक्त बदला तो समाजिकता से समाधान निकाला गया।

यह भट्ट परिवार की ही नहीं, बहुत से परिवारों की वहां हकीकत बनी। लड़की की शादी बचपन से तय थी अब तो सिर्फ रूखसती हुई। बिछड़े रिश्तों और जायदाद से ताल्लुकात बनाये रखने की एक मजबूर कोशिश। एल ओ सी और हालात के बहुत से अनचाहे रंगों की यह जिन्दगी। मकबूल जंगली इस काम में मदद करता है सो गांव में इज्जत बहुत है उसकी। "कम कहे में ज्यादा समझे," लड़की की मां की गुजारिश थी, एक अर्जी सी भी नत्थी थी साथ। सहयोग का एक अनकहा करार हुआ दोनों तरफ से। सब बातें कहने-सुनने की होती भी नहीं। चोर फकीरा की अखरोट के बड़े बाग पर नजर थी। सुनने में आया।

उग्रवादी दो तरह के थे घाटी में। हालात के और पेशेवर। पेशेवर सख्त जान थे और ज्यादातर घाटी से बाहर के। गजब लड़ाके थे कई तो। हथियारों की उम्दा सिखलाई भी थी। हालात वालों में कुछ नाराज वाले थे कुछ एक फैशन वाले भी। वो लड़का फैशन वाला था। उम्र का भी असर था। बन्दूक हाथ आई तो फोटो स्टूडियों पहुंच गया। फौज के नये जवानों में भी यह शौक आम है। लड़का एक महीने में ही पकड़ आ गया, शौक पूरा कर या डरपोक–निकम्मा साबित होकर। जरा सी फौजी सख्ती हुई तो सब बक दिया। हथियार के अलावा उसके पास कुछ काम का नहीं था। मुखबिर चोर–फकीरा का दूर का भांजा था सो फौज भी नरम रही। उसका डींगे मारना जारी रहा।

दर्रों, ऊंचे पहाडों, कन्टीले तारों, गोली से बचकर पार जाना तो नासमझ, गरीब, मजबूरों और खतरों के खिलाडियों का तरीका है। आतंकवादियों के आका पथरीले पहाड़ों पर नहीं, उड़कर सीधे मुलायम कालीनों पर पैर रखते हैं, शिष्टता से दिल्ली में। नेपाल के रास्ते तो हमेशा खुले थे।

साल गुजरा और पल्टन भी फील्ड कार्यकाल खत्म कर, परिवारों के साथ की उम्मीद में, पहाड़ों और घाटी से 'राम राम' कर उतरने लगी। नई पल्टन आ गयी थी। नई को पुरानी पल्टन इलाके और हालात से वाकफियत कराती है, हालांकि अक्ल सबको अपनी ही बेहतर लगती है। नई पल्टन को पुरानी कमतर ही लगती है।

सुनने में आया मास्टर जी की लड़की घर आयी है। शायद मां–बाप से मिलने। फौजी उठक–बैठक फिर शुरू हो गयी, मास्टर जी की फौजी पेशी भी। गर्मा–गर्मी भी। आजकल चोर–फकीरा नई पल्टन का खास है और 'जंगली' मकबूल फिर निशाने पर। आजकल चोर–फकीरा का अपने किसी दूर के भांजे का निकाह मास्टर की लड़की से करवाने में मदद का प्रस्ताव नये अफसर के पास विचाराधीन है। बस मकबूल जंगली रोड़ा है।

चोर-फकीरा तो पुराना खिदमतगार है ही। घाटी से उग्रवाद खत्म करना मुख्य मकसद है। जंग और खेल जारी है। घिसाई-पिसाई भी।

इंसाफ के लिए भी जंग होती है। जंग में इंसाफ नहीं होता, सिर्फ जंग होती है।

25. आबू का नाला

आबू का नाला दरअसल नहर थी, शहर ने नाला बना डाला। जब से हमने होश सँभाला मेरठ शहर को दो–तीन चीजों के लिए सालो–साल खदबदाते पाया। एक फसल का हक दाम और बकाया मांगते गन्ना किसान। दूसरे हाईकोर्ट की बैंच मांगते, शोर मचाते काला कोट। तीसरा नाक बंद कर चलने को मजबूर करता आबू का नाला और इस पर नाक–भौं सिकोडते शहर वाले। दंगों के लिए तो शहर इत्तेफाकन और नाहक बदनाम हुआ। एक–दो बार दंगे हुए जरूर पर भाईचारे की रोजमर्रा की हजारों मिसालें भी तो हैं और नाले से गुजरते तो खैर सब ने नाक बंद की, क्या हिन्दु क्या मुसलमान!

आधे से ज्यादा शहर इसे 'आबू' नहीं 'अब्बू' का नाला कहता है। पता होता नाला किसके अब्बू का है तो उसके घर जाकर ही नाक–भौं सिकोड़ते। अब यह नाला किसके अब्बू का है, पता नहीं पर आधा मेरठ बेगम का है, यह हजारों लोग बताते हैं। बेगम पुल से बेगम बाग तक शहर की पहचान है। वैसे पहचान तो शहर की सबसे मशहूर बाजार आबूलेन भी है। आबू मौहम्मद खान 'कम्बोह' औरंगजेब के दरबार में वजीर और मेरठ के नवाब थे जिनके नाम पर 'आबूलेन' और 'आबू का नाला' है। नवाब साहब आराम फरमा रहे हैं 1688 में बने एक मकबरे में और शहर का चैन छीने हैं आबू का नाला। यह मबकरा 'आबू के मकबरे' के नाम से ही जाना जाता है और परेशानी तो पुरातत्व महत्व के इस ऐतिहासिक स्मारक 'आबू के मकबरे' की भी कम नहीं। 1857 की जंगे आजादी में मकबरे की बड़ी भूमिका थी और कभी 250 बीघा में था आज दो बीघा में यह रह गया है। उस पर भी कब्जे का खतरा है पर इस पर कोई नाक भी नहीं सिकोड़ता।

नाक सिकोड़ता है मेरठ शहर अब्बू या आबू के नाले पर हालांकि उसकी कोई गलती न कल थी न आज है। वो कल शहर के लिए साफ पानी का बंदोबस्त था और आज भी सारे शहर की सीवेज गंदगी ठिकाने लगाता है। उसे कूड़ादान बना डालने वाले नाशुक्रे दरअसल इस नाले के गुनहगार हैं, यह नाला किसी का गुनहगार नहीं।

दरअसल एक वक्त यह नाला शहर के लिए साफ पानी और सिंचाई बंदोबस्त के लिए काली नदी से खोदी गयी नहर थी। अंग्रेज 1803 को मेरठ आया और 1806 में मेरठ छावनी की स्थापना की। दिल्ली के करीब मेरठ की सामरिक रणनीतिक महत्ता थी और गंगा-यमुना के दोआबे की उपजाऊ भूमि की भी। अंग्रेजों को यहां का मीठा पानी सबसे ज्यादा पसन्द आया। छावनी के उत्तर में अंग्रेज सैनिक थे और दक्षिण में भारतीय मूल के। बीच में था एक किलोमीटर चौड़ा मैदान जिसमें बहता था आबू का नाला। इस पर पांच पुल थे। आज शहर नाले में घुस आया है और नाला कुछ मीटर भर रह गया है। यह शहर को साफ पानी देता था और नाशुक्रे कमअक्ल शहर ने तो इसमें जहर ही घोल दिया। इस प्रदूषित पानी तक से आज भी लोग सब्जी उगाकर अपना पेट पालते हैं और दूसरों का खराब करते हैं। यह नीलकंठ आज भी रोजी की राहत और रोटी देता है इन नाशुक्रों को।

पानी को दुनिया की हर संस्कृति ने पूजा है, उसका उत्सव मनाया है। इस नाले को किसी ने नहीं पूजा। इसका उत्सव आज तक नहीं मनाया गया। सीवेज ढोने वाला यह नाला बड़ा योगदान तो आज भी स्वच्छता अभियान में दे ही रहा है पर पूजा क्या, पूछा भी नहीं जा रहा! पूछ कहीं हो न हो, ठेकेदारी में तो इस नाले की पूछ है ही। हर साल ठेकेदारों के लाखों के वारे न्यारे होते हैं इस नाले की सफाई के नाम पर। जब तक पाईपों से पानी घर-घर नहीं आया था और ट्यूबवेल नहीं खुदे थे, आबू का नाला खुदा था शहर का। कभी शहर की जीवन रेखा था, आज कूड़ादान है। टेक्नोलॉजी अच्छे-अच्छे को पटरी से उतार देती है और आदमी मतलबी है। जिसकी जरूरत है, उसे पूजता है वरना

पूछता भी नहीं। आबू के नाले का सबक है कि पूछ के लिए असरदार और उपयोगी होना जरूरी है और तकनीक ही नया खुदा है मुकद्दर बनाने बिगाड़ने वाला। वक्त का दूसरा नाम तकनीक है।

कीमत और उपयोग तो खैर कबाड़ की भी है। चुनाव करीब थे। अफसर और ठेकेदार बेकरार नए मंत्री को साधने में। बाजार में एक नए स्वतंत्रता सेनानी शहीद लांच हुए थे और मंत्री जी की बिरादरी के थे। दूर नाले पर पुल थे पांच। नाले के अब्बू का नाम का अता-पता नहीं था तो पुलों के वारिसान का क्या पता होता। बदबूदार नाला बदनाम था, पुल नहीं। ठेकेदार आइडिया लाया और अफसरों ने मंत्री को समझाया। समझाया कि एक आध पुल का नाम मंत्री जी के अब्बू मतलब नये-नये मार्किट में लॉन्च हुए शहीद के नाम पर और बाकी चार पुलों को अलग अलग बिरादरी के शहीदों के नाम पर कर दिया जाए तो बिरादरी, निष्पक्षता और सर्व समाज सब सध जाएगा। थोड़ी नाले की सफाई करनी पड़ेगी दिखाने भर की सही। बाकी काम तो बारिश का है, बारिश में हो जाएगा।

साल भर शहर नाले को जो-जो देता, बारिश में नाला घर-घर घुसकर लौटा देता। शहरी साल भर नाले का कूड़ादान-शौचालय बनाते, बारिश में नाला इनके घर का कूड़ादान-शौचालय बना डालता। आबू का नाला नीतिज्ञ ठहरा और 'जो दोगे सो पाओगे', उसकी नीति। फिर खुद किये कराये पर बारिश का पानी फेर देता ठेकेदार की तरह। नाला खुद बीमार है और बिमारी ही दे सकता है।

पुलों को नामकरण के लिए भव्यता से सजाया जा रहा है। नीचे खदबदाता बदबूदार नाला शांति से बहता है। फँसा है हालात के चंगुल में आजाद होने को बेकरार कि आसमान से रहमत बरसे। वारिसान ने उसे 'अब्बू' माना ही नहीं। इस्तेमाल कर फेंक दिया। आबू के नालों ने कई सदियां, कई हुकूमतें और बेशुमार ऐसे आयोजन देखे हैं इन नाशुक्रे इंसानों के खामोशी से।

यह कवायद न पहली है, न आखिरी।

26. रमजान

किस्सा पुराना है बचपन का सुना–सुनाया। वैसे भी किस्सा है, सच्चाई से क्या लेना–देना। बात जरूरी है समझनी–कहनी। मेरे बचपन मेरे गांव की मैं कर रहा हूं, आपको पसन्द आ जाए, आप अपनी और अपने गांव की बता दीजिएगा। वरना मुझ पर ही मढ़ा छोड़िए।

रमजान करीब था। एक मौलाना गांव तशरीफ लाए। गांव–गांव जा रहे थे दीनीं तालीम देने। आने–जाने के जरिए कम थे। शहर से बस कस्बे भर तक आती थी। आगे गांव तक की दूरी पैदल या तांगे से। तांगे से उतर कर मुसलमानों की पट्टी पूछी तो एक बुजुर्ग ने एक बालक को साथ कर दिया। रहीसु और नजमु बाहर ही मिल गए पेड़ के नीचे हुक्का खींचते। मौलाना की ओर भी खिसका दिया, मोहब्बत से। हुक्का मौलाना

ने नहीं थामा तो नजमु ने बीड़ी का बण्डल और माचिस सामने रख दी भाईचारे में। मौलाना नाराज– ''लाहौलविला कुव्वत।'' भाईचारा अपनी जगह पर दीन से खिलवाड़ मौलाना कैसे बर्दाश्त करते। बिफरे मौलाना कुरान बोलते गए। रहीसु, नजमु गर्दन झुका सुनते गए। कई और लोग भी आ गए। क्या–क्या बोले, पता नहीं।

मौलाना हड़का दिए, ''रमजान आ रहा है और तुम लोग बीड़ी सुट्टिया रहे हो, हुक्के गुड़गुड़ा रहे हो। अपना किरदार सुधारों वरना जन्नत ना मिलेगी। नर्क में खाल खिचवा दी जाएगी।'' रमजान का ख्याल रखने और सुधरने की ताकीद कर मौलाना हफ्ते–दस दिन में वापस लौटने की कह कर पास के गांव रवाना हो गए। लाल मोहम्मद तांगे वाला ही छोड़ आया। मौलाना रास्ते भर अपने आपसे बड़बड़ाते रहे। लाल मोहम्मद को भी अहसास था दुनिया में बहुत कुछ गलत है तभी तो अल्लाह ने मौलाना बनाए, गांव भेजा। दुनिया की खातिर गांव–गांव धक्के खा रहे हैं वरना आम आदमी घर से न निकले रोजी–रोटी, मस्ती के अलावा। उनकी खिदमत कर लाल मोहम्मद ने अपने को खुशनसीब माना। वो ज्यादातर पढ़े–लिखे कर्मकाण्डी भले न हों पर सहजता से ईश्वर को मानने वाले थे। 'एक ने कही दूसरे ने मानी, कहत कबीर दोनों ज्ञानी' वाले।

हफ्ते–दस दिन में मौलाना वाकई आ भी गए। पानी पिलवाया। हुक्के का पानी बदलवा तुरन्त नई चिलम भरी गयी गर्मजोशी से। बीड़ी माचिस सहज उपलबध। मौलाना भड़के, ''रमजान का ख्याल एकदम नहीं रख रहे।'' रहीसु ने पूरे विश्वास और खुशी से जवाब दिया, ''जी पूरा–पूरा राख रे। हफ्ते में ही आध एक धडी तो वजन बढ़ गया रमजान का।'' मौलाना अवाक। गुस्से में पूछा, ''क्या बक रहे रहो?'' रहीसु ने फक्र से बताया, ''रमजान की मां तो पकड़ आई नी पर रमजान कू लिवा लाए। ठाकुर साहब के अस्तबल के सबसे बढ़िया कोठरे में रख रखा पूरी देखभाल से।''

मौलाना गश खाकर गिरते-गिरते बचे। माजरा समझने को चलकर दिखाने को बोले। आधा गांव साथ-साथ। ठाकुर साहब भी गर्व के साथ मौलाना की मेहमाननवाजी में हाजिर वहीं खड़े मिले। अस्तबल के कोठरे में ऊंट का बच्चा मिला। मौलाना की तो आवाज ही बंद हो गयी। नजमु और लाल मोहम्मद अपनी उपलब्धि पर इतराते आत्ममुग्ध बेफिक्री से गांव वालों को किस्सा तफसील से बता रहे थे।

उन्होंने बताया मेहमान की खातर कैसे पूरा गांव एक पांव पे खड़ा हो गया। "ठाकुर साहब की घोड़ा गाड़ी लेकर लाल मोहम्मद कई दिन गांव के रास्ते पर खास पहावणे के इंतेजार में खड़ा रहा। बाकी सब तो जाने-पहचाने थे... बस तीसरे दिन ऊंटनी और उसका बच्चा ही अलग दिखे सो ताड़ लिया। बेवकूफ तो वो भी नहीं, पढ़ा-लिखा भले कम हो। उस वक्त आदमी वो दो ही थे। रस्सा भी ना था सो ऊंटनी पकड़ नी आई। रमजान ने लात मारी कई बार पर पकड़ ही लिया।"

मौलाना ने बीड़ी का पूरा बण्डल फूंक दिया उस दिन।

27. गार्ड

कश्मीर के उरी में हमला हुआ तो यह व़ाकया याद आ गया।

हम उरी कस्बे से 15–20 कि0मी0 आगे पहाड़ पर एक दम नियंत्रण सीमा रेखा पर थे। कभी–कभार ही नीचे उतरने का मौका मिलता था। पहली किरण से पहले पोस्ट से चलना और दिन ढले वापस हो जाना। एक मेडिकल एमरजेन्सी में मरीज के साथ नीचे फील्ड अस्पताल आना हुआ था। नीचे आते थे तो कस्बे से छोटी–मोटी जरूरत की खरीददारी भी जवान अफसर कर लेते थे। मरीज ऐम्बुलैन्स में श्रीनगर रवाना हुआ प्रारम्भिक जांच के बाद। साथी उरी कस्बे में खरीददारी को। वापसी आखिरी सूरज की किरण के बाद ही होती थी।

पोस्टों पर बड़ा आनन्द उन दिनों वीडियों फिल्म देखना था। वीडियों कैसेट ही थे, सी डी का जमाना आया नहीं था। हां आस–पास आ चुका था। फील्ड अस्पताल के पास ही एक सिग्नल की यूनिट थी। उस यूनिट के अधिकारी के पास खासा खजाना था कैसेट का। मेरी पटती भी थी उनसे और उन्होंने कई बार बुलाया भी था लंच पर। अस्पताल से दूरी 300–400 मीटर रही होगी। मैं पैदल ही चल पड़ा।

गेट पर गार्ड एक गोरखा था। फील्ड चीता या कॉम्बैट ड्रेस और ट्रैक सूट में ही गुजरता है। मैं काम्बैट ड्रेस में था। उसने सैल्यूट पूरे जोश से किया। मैंने बताया कि उनके ऑफिसर कमांडिग से मिलना है। उसने पहचान पत्र मांगा। वो था नहीं। मैंने ऑफिसर से फोन पर बात कराने को कहा। लाईन फोन खराब था। मोबाईल का जमाना था नहीं। मैंने उसे अन्दर जाकर

बताने को कहा। वो बोला, ''अकेला गार्ड है शाब। पोस्ट नहीं छोड़ेगा।''

कोई चारा ही नहीं था। मैं वापस पैदल आया फील्ड अस्पताल और अफसर को फोन किया। उसने तुरन्त वाहन भेज दिया। उसने देरी का कारण पूछा, मैंने बताया। वो नाराज हुआ और गार्ड को बुलाया। तब मुझे भी उसके रवैये पर झुंझलाहट हुई थी पर इतनी देर सोचने का मौका मिला तो मुझे गार्ड की बात ठीक लगी।

ऑफिसर कमांडिग डांटने के मूड में था पर मैंने हस्तक्षेप किया। गार्ड को मुस्तैदी और उन स्थितियों में दुरूस्त कारवाई की शाबासी दी। गार्ड की सांस में सांस आई। वो परेशान सा हो गया था, शर्मिन्दा सा भी। उसका अफसर भी शिष्टता में मेरा मान रख रहा था। उसकी दुविधा भी दूर हुई। मामला सही और सम्मानपूर्वक निपट गया।

जब उरी पर हमला हुआ मैं फौज में नहीं था। अखबार, टी0वी0 में देखा तो यह वा़कया याद आया। याद आया वो गुरखा जवान। ख्याल आया, हो सकता है आज कोई गार्ड मुस्तैद नहीं था अपनी पोस्ट पर। या मुस्तैदी पर शाबासी नहीं डांट मिली थी शायद किसी गार्ड को।

28. मिशनरी

बड़े जूनूनी आदमी हैं, एकदम मिशनरी। 25–30 साल से किसानों के लिए संघर्ष कर रहे हैं। कहना अतिश्योक्ति न होगा कि चलती–फिरती लाईब्रेरी हैं किसानों और खेती के मामलों की। सरकार कोई हो, 'जोर जुल्म की टक्कर पर, संघर्ष ही इनका नारा है।' पार्टी सिस्टम में फिट ही नहीं होते, वरना ये मंत्री बना दिये गये होते।

संघर्ष तो ये हमेशा से कर रहे थे पर इस बार ये शुगर मिलों का सर दर्द बन गए थे मुकद्मेबाजी कर। सर दर्द जिसे डिसप्रीन चाहिए, मतलब जिसका ईलाज जरूरी हो। ईलाज मतलब वो सब नहीं। ईलाज मतलब अब इनकी कीमत बन गयी थी और ये ध्यान देने लायक थे। रूटीन ध्यान नहीं, खास ध्यान देने लायक। राज्यव्यापी समस्या थी, माननीय मुख्यमंत्री जी का ध्यान लाया गया मुद्दे पर। माननीय मुख्यमंत्री जी जमीनी व्यवहारिक नेता थे और अपने दम पर बने थे। ये मुख्यमंत्री जी से कई बार मिले थे पर अब मुख्यमंत्री जी मिलना चाहते थे। बड़े लोगों से व्यवस्थित मुलाकात न बेवजह होती है न बेमकसद। छोटे–मोटे आन्दोलनों की ही सब मांगे पूरी नहीं होती, यह तो राज्य भर का मसला था। यह वार्ताएें अनाड़ियों के बीच नहीं एकमतता से खिलाड़ियों के बीच होती है। सब मन बनाकर मिलते हैं। राज–काज संभव की कला है, असंम्भव की नहीं।

ये धन्धेबाज नहीं मिशनरी थे। आदमियों की पहचान नहीं थी। ऐसों से बात मुश्किल हो जाती है। मुख्यमंत्री जी मामले की नजाकत समझ कुछ देने के मूड में थे। तार नहीं मिल रहा था। वैसे राज कभी मजबूर नहीं होता। एक छुटभय्ये नेता और एक

दलाल ठेकेदार के ये पल्ले पड़ गये। पहुंच गए मिलने। जिसकी शेर की छवि थी उसे सियार घेर लाए थे। मुख्यमंत्री जी को लगा ये इतने दिन का अनुभव रखते हैं तो समझदारी का परिचय देंगे और मन बनाकर आएं होंगे। उन्होंने मन टटोला। इन्होंने अपना राग दोहराया। उन्होंने फिर मौका दिया, इन्होंने वही राग और लम्बा दोहराया। मुख्यमंत्री जी का संयम छूट रहा था। उन्होंने उपस्थित जनों को अवसर दिया, अधिकारियों को भी। सहानुभूति, आश्वासन, वायदा जैसे शब्दों और रेवड़ियों के जाल फेंके। बड़ी जिम्मेदारी का भी इशारा किया। गाड़ी पटरी से उतर चुकी थी। इन्होंने कहा कि ये 30 साल से संघर्ष कर रहे हैं। मुख्यमंत्री जी ने कहा वो 50 साल से कर रहे हैं तो क्या?

राजा राजमहल में और शेर जंगल की ओर निकल लिए। राजा ने तो प्रयास भर से ही शेर का शिकार कर लिया था। सियार ना खाली हाथ आए थे न खाली हाथ गए। छुटभय्ये मरियल सी लाल बत्ती और ठेकेदार ठेके पा गए। राज में इनाम, नजराने का तो दस्तूर ही है। शेर जंगल में ही गुमनाम हो गया।

29. शहद

वो इन्टर्न एकदम मॉडल थी। एकदम स्टाईलिश। आर्थो में रोटेटरी पोस्टिंग थी हफ्ते–दस दिन की। उसके हाथ में एक इंग्लिश नॉवल थी। मैंने पहली ही नजर में उसे खारिज कर दिया। आर्थो में लड़कियां और गाईनी में लड़के बस हाजिरी को ही आते हैं। रहा मामला पेपरवर्क का, जितनी देर उसे समझाता खुद ना लिख लेता उतनी देर में। उसकी 24 घण्टे की ड्यूटी थी मेरे साथ। जो केस था छोटा–मोटा खुद निपटाया। उसने भी खास रूचि न दिखायी। काम होने पर बुलाने को कह कर मैं निकल लिया। नाम से तमिल मालूम हुई, लगती कास्मोपोलिटन थी। औपचारिकता के अलावा बिना कुछ खास बातचीत ड्यूटी खत्म हुई।

पांच दिन बाद फिर ड्यूटी साथ पड़ी। मेरी उसके बारे में राय बन चुकी थी। ओ पी डी में एसोशिएट प्रोफेसर सर ने सीनियर रेजीडेन्ट को मुझे ड्यूटी ठीक से करने को कहने के लिए कहा। वही बात 24 घण्टे की ड्यूटी पर निकलते हुए याद दिलायी गयी। मुझे शक हुआ, झुंझलाहट भी। मैंने सीनियर रेजीडेन्ट को पूछा तो बॉस ने टालने की कोशिश की। पूछने पर पता चला 3

दिन पहले ड्यूटी के बजाय मॉडल साहिबा सर्जरी रेजीडेन्टस के साथ कैन्टीन में बैठी थी। वो कैन्टीन में बैठी थी, समस्या नहीं थी। सर्जरी रेजिडेन्टस के साथ बैठी थी, ये समस्या थी। सर्जरी के एसोसिएट प्रोफेसर इनके बैचमेट थे, उन्होंने टौन्ट मारा कि आर्थो वालों का खूंटा कमजोर है और उनकी गाय सर्जरी वालों के खेत में घूम रही है। अस्पतालों के विभागों के बीच ऐसा हँसी मजाक चलता रहता है। बॉस ने थोड़ा ध्यान रखने को कहा, मैंने पल्ला झाड़ लिया। सब अपने–अपने काम पर।

इत्तेफाक से उस दिन धड़ाधड़ इमरजेन्सी में कई केस आए सड़क दुर्घटना के। काम बढ़ा और अतिरिक्त हाथों की जरूरत भी पड़ी। वो चुस्त थी। लिखी केस शीट से साफ था पढ़ाई में अच्छी थी, काम में दक्ष भी। साफ यह भी था कि मेरी गलती लिफाफे से मजमून गलत आंकने की थी। भाषा पर उसकी अच्छी पकड़ थी और जानती भी 5–6 भाषायें थी। हमारे बीच एक न्यूनतम समझ मिन्टों में बन गयी बिना बातचीत के। वो एक स्टाईलिश मॉडल के अलावा जाहिर है बहुत कुछ थी। मैंने उसकी निजता और स्वतंत्रता का अतिक्रमण नहीं किया था... शायद वो मेरे से सहज थी। मेहनत और काम में उसे दिक्कत नहीं थी। बल्कि उसकी जानकारी और व्यवहार का अतिरिक्त लाभ था। दो मेजर केस ऑपरेशन के लिए लग चुके थे, ड्यूटी व्यस्त रहने वाली थी। ऑपरेशन के लिए मरीज की जांच और कागजी कार्यवाही शुरू हुई। उधर शहद पर ततैयों का मंडराना भी। बार–बार आना–जाना संभव भी नहीं था और मरीज थे सो रूकना ही था। अनौपचारिक बातचीत भी शुरू हो गयी। पता चला उसके माता या पिता विदेश सेवा में थे सो वो गल्फ में पली पढ़ी। दक्षिण भारतीय थी पर अच्छी गजल गायक भी। समय गुजारना था, शहद–मक्खी सब इकट्ठा हो रहे थे, मैंने टोका नहीं। समझना मुश्किल नहीं रहा कि शहद की ततैयों में रूचि नहीं थी, और वो थे बस फितरतन।

ऐसे इंतेजार के क्षणों में पढ़ाई, बतरस या ताश जैसा कुछ खेलना अस्पताल में आम है। उसने पूछा कि क्या मुझे 'ब्लफ' खेलना आता है। मुझे नहीं आता था। उसने बताया कि सीखना चाहिए। एक ताश की गड्डी ड्यूटी रूम में मिल गयी। क्लास उसने ली। खेल रोचक लगा। उसने कहा कि एक आध गड्डी ताश और मिल जाता तो और लोग भी खेल पाते। दोनों ततैयें उसके इंतेजाम में निकल गये। ब्लफ का गेम जारी रहा। ततैयें एक घण्टे बाद प्रकट हुए तो हमारी ओ टी लग चुकी थी। घण्टे बाद ओटी से निकल पाए। एसोशिएट प्रोफेसर सर ओ टी में कुछ ज्यादा खुश दिखे और रात के खाने में उन्होंने कुछ खास तौर पर सबके लिए मंगवाया। ओ टी में ज्यादा जोर उनका गाय और खूंटे पर था। एक और ऑपरेशन था दो घण्टे में पर वो निकले वापस आने को। सीनियर रेजीडेन्ट सहित हमारे पास कोई चारा नहीं था सो हम जमे और जमी गजल नाईट ड्यूटी रूम में। ततैयें भिनभिनाते रहे। शहद मस्त।

शहद ने आइसक्रीम खाने की यूं ही इच्छा जाहिर की और आईसक्रीम हाजिर भी हो गयी ततैयों के सौजन्य से। उसने बताया 'चार्म' अंतर्राष्ट्रीय मुद्रा है। मैंने कहा कि मूर्ख मुरीद का दूसरी ओर होना भी जरूरी है इस डील में। हमारी आपसी समझ और मजबूत हुई। कई और प्रतिभासम्पन्न लोग भी आ गये थे। अब कोई ततैयां शहद नहीं रहा। वहां दर्शक थे या कलाकार। वो कलाकार थी, ई एन टी के बंगाली बाबू और गाईनी वाली मैम भी, बार्ड ब्वाय तक गजब तबलावादक निकला, मेज पर। हमें संगीत संध्या के बीच में ओ टी के लिए चुपचाप निकलना पड़ा। संगीत जारी रहा।

ओ टी से रात डेढ़ बजे फारिग हुए। थके थे सब और अपने–अपने आरामगाह के हवाले हुए। मेरे ड्यूटी रूम का दरवाजा खुला था और खटपट हुई सवा दो बजे। ततैयें थे। मुझसे मिलने आए थे यूं ही इतनी रात। मैं बिस्तर पर था सामने

और वो मुझे ढूंढ रहे थे बिस्तर के नीचे, या अलमारी में, यहां–वहां। मैं सो गया। वो चले गए, निराश।

आईस क्रीम शहद के पास गाईनी मैडम के यहां थी।

आते–जाते एक–आध बार मिली। कुछ दिन बाद मेरी पोस्टिंग हो गयी। उसने न्यौता दिया पार्टी पर और मिलवाया अपने ब्वायफ्रेंड से। स्मार्ट इंटेलीजेन्ट लगा। शादी में आने का वायदा भी लिया।

30. ड्राईवर बाबू

वो ड्राईवर नहीं था। बनना भी नहीं चाहता था। बन गया हालात से। खुश नहीं था पर इस बहाने किस्से बहुत थे पास उसके जिन्हें वो सुनाता था सबको बेहद खुशी से। ड्राईवरी का भले न हो पर ड्राईविंग का खूब शौक था और काम आया भी। ड्राईविंग थी भी गजब उसकी।

वो यंग एंग्री मैन अमिताभ बच्चन की सड़क से चुटकी बजाकर बड़े बंगले में टशन से पहुंच जाने की कहानियों का फिल्मी दौर था। इस दौर ने युवाओं में बेवजह गुस्सा और आंखों में हवाहवाई कामयाबी के ख्वाब बो दिए। इनकी आंखों में भी। उम्र कम थी, पढ़ाई-लिखाई भी कम ही थी। बाप की असमय मौत ने कुछ पैसा हाथ पर रख दिया। रास्ता दिखाने को घर में कोई बड़ा था नहीं और जो थे उनसे रास्ता देखना किसे था। रास्ता बच्चन साहब दिखा ही चुके थे और आगे फिर मिथुन चक्रवर्ती आ गए। फिल्मी अंदाज में दुनिया जीतने को चार यारों ने बिजनेस की ठानी और असली जिन्दगी की धड़ेबाजी में सब हारे। रूआब के लिए गाड़ी ली थी और जनाब ड्राईविंग सीट छोड़ते ही नहीं थे। अब यही बच गयी थी पुरानी ऐम्बेसेडर और उसकी ड्राईविंग सीट अब इन्हें नहीं छोड़ रही थी। उन दिनों गाड़ी के नाम पर एम्बेसेडर ही थी और वो भी शहर में गिनी-चुनी। उस समय की हर लिहाज से शानदार गाड़ी। नेतानगरी की पहली पसन्द। शहर के सब छोटे-बड़े नेताओं से जानकारी हो गयी। कई बार तो खुशामद तक करते। वैसे उन दिनों नेताओं की भी इज्जत थी शहर में, वाकई।

ख्वाब आसमानों के थे पर बंध गए सड़क से। किराये की गाड़ियां उन दिनों शादी, मौत, अस्पताल और नेतागिरी में ही ज्यादातर ली जाती थी। सैर–सपाटा कम था। मौत अस्पताल जरूरी था, शादी–ब्याह इनसे कम झिलते थे। नेतानगरी झेल लेते थे। पसंद ड्राईविंग थी ड्राईवर कहलाना नहीं। काफी मंत्री–संतरी पहचानने लगे थे। चाहते तो कुछ काम निकलवा लेते पर कोई फायदा नहीं उठाया। बस मन ही नहीं था। बच्चा मन! चूरन पे आया मन चॉकलेट से भी नहीं बहलता। उकताए से रहते और समय काटते। मुनीर नियाजी का शेर इन पर एकदम फिट था—

'आदत ही बना ली है तुम ने तो 'मुनीर' अपनी

जिस शहर में भी रहना, उकताए हुए रहना।'

जनाब पियक्कड़ नहीं थे, बस दो घूंट थकान मिटाने को या नींद आने को ले लेते थे। वैसे जिन्दगी इनकी शानदार हुई न हुई, वाकये इनकी जिन्दगी में भी कई शानदार हुए। एक–आध तो बहुत ही शानदार!

शहर के कुछ नेता इसकी गाड़ी से दिल्ली एक बड़े मंत्री जी को मिलने गए। दिन भर की भागदौड़ के बाद कहीं देर शाम मंत्री जी कोठी पर पकड़ में आए। वहां भीड़ बहुत तो उस वक्त नहीं थी पर लोग फिर भी काफी थे। नेता लोग नेतानगरी की धक्कम पेल में अन्दर, ये बाहर गाड़ी में अकेले। अन्धेरा हो चला था। शरीर की आदत, गाड़ी चलती रहे तो सब ठीक, वरना बिस्तर पकड़ो। यह त्रिशंकु हालात ज्यादा थकाऊ और उकताऊ! फिर नेताओं और नेतानगरी का भरोसा नहीं, बकलोली में सारी रात गुजार दें। हालात और शरीर ने कहा तो इन्होंने भी दो घूंट के पक्ष में वोट डाल खुद को इजाजत दे दी।

गाड़ी में पानी नहीं था। काम कोई हो, कायदे से ही हो तो ही ठीक है। सोचा कोठी में ट्राई करते हैं। देश में पानी तब बाजार में बिकता नहीं था और पानी पिलाना सबाब का काम

माना जाता था। जनाब लॉन की तरफ से कोठी के पीछे पहुंच गए कि कोई नौकर–चपरासी मिले। आज की तरह उन दिनों मंत्रियों के घरों की किलेबन्दी नहीं होती थी। छोटे कद का धोती–बनियान में चश्मे वाला एक आदमी पीछे घूमते मिल भी गया। उससे पानी मांगा तो उसने पूछा कि कहां से आए हो? बंगाली जान पड़ा। इन्होंने बताया, ''मजदूर आदमी हैं। कार ड्राईव कर नेता लोगों के साथ आए हैं। नेतागिरी बात छानने का काम है, कौन जाने सारी रात लग जाए। नीट नुकसान करती है। पानी मिल जाए तो दो घूंट गले से उतारकर बाहर गाड़ी में सुकून से पड़े रहें।'' उसने गाड़ी पूछी और कुछ देर रूकने को कहा। जरा से पानी की ही बात थी पर क्या कहें? इसने सोचा और वापस जहाज का कव्वा जहाज पर, उड़ उड़ा कर। मोबाईल का जमाना क्या, नाम भी नहीं पता था उन दिनों।

आंख बंद कर बैठ गए पर खीज और तलब में चैन और नींद कहां। 10–15 मिनट बाद चपरासी आया और कुछ पूछपाछ कर अन्दर चलने को बोला। ये अचकचाए, डर भी लगा।

दिल्ली के किसी थाने में किसी से जानकारी थी नहीं और दिल्ली में सख्ती भी ज्यादा है। वो दो थे, भागना मुमकिन और मुनासिब भी नहीं था। हारकर साथ चले। ध्यान आया पव्वा अंटी में ही है और डर लगा। कोठी के पीछे कमरे के पास बाहर स्टूल कुर्सी लगी थी, वहीं बैठाया गया। चपरासी बंगाली में दूसरे को कुछ बोलकर चला गया। वापस आया तो बर्फ, पानी, नमकीन और भुनी मछली देकर बोला, ''साहब ने भेजा है खाओ पिओ 'ड्राईवर बाबू।' बाकी सामान है ना?'' ड्राईवर बाबू की सिट्टी–पिट्टी गुम। दो घूंट पी ली होती तो ऐसे हालात में वो भी उतर जाती। सामान था अंटी में पर निकालने की हिम्मत ही नहीं हुई। मछली निगलनी भारी हो गयी। मेहमाननवाजी में कोई कमी नहीं हुई। वो एक दो–बार और पूछे कोई जरूरत हो तो। बस मेहमान की जरूरत ही काफूर हो गयी थी। कुछ थोड़ी देर बाद कुछ हिम्मत आई तो छिपकर साहब को देखा जब वो बाहर

आए। छोटे कद के चश्मे वाले धोती-कुर्ता पहने। ड्राईवरी कुछ साल बाद छोड़ दी। यह किस्सा जनाब कई दशकों तक सुनाया करते बड़े चाव से, जब तक वो बंगाली मोशाय देश के राष्ट्रपति नहीं बन गए। अब ये किस्सा सुनाने में 'ड्राईवर बाबू' की सिट्टी-पिट्टी फिर गुम!

ईश्वर दिवंगत आत्मा को शान्ति दें!

31. चलो नरक

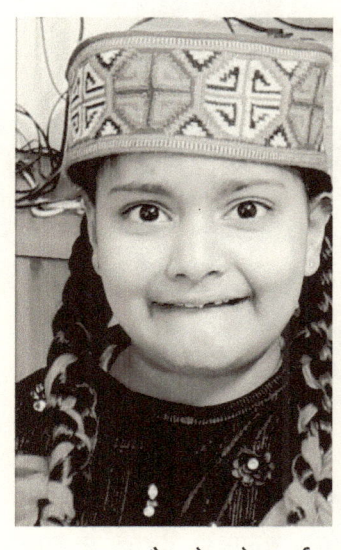

मेहमान जा चुके थे। उनके लिए प्लेट में रखी नमकीन हम टूंग रहे थे लैपटॉप में नजर गड़ाए। मैं और पांच वर्षीय भतीजी दात्री।

दात्री नमकीन में से काजू मंगूफली निकाल–निकाल कर खा रही थी। बड़े–छोटे सब यह करते हैं। वो भी कर रही थी बिना सोचे स्वादानुसार आदतन।

मैंने टोका और गम्भीर होकर मजाक किया कि जो–जो नमकीन में से काजू मूंगफली निकाल–निकाल कर खाता है, वो–वो नर्क जाता है।

दात्री ने एक काजू और एक मूंगफली नमकीन में से निकाल कर मुझे दिया और कहा, ''खाओ खाओ, साथ चलेंगे।''

32. चुनावी नुक्कड़ सभा

वो एक गांव में चुनावी नुक्कड़ सभा थी। शाम का वक्त था, हल्की सर्दी भी। माहौल और मौसम दोनों गुलाबी। देहात में शाम की चुनावी सभाएं जोखिम भरी होती हैं, खासकर हिन्दुओं के गांव में। चुनाव में वोटर राजा है और शाम की दवाई का चलन बढ़ा है। इस्लामिक पाबंदी के कारण मियांओ में थोड़ा रहम है, पूरा तो कहीं नहीं। वहां जोखिम अलग है। लोटा–नमक लेकर इस्लाम ही खतरे में आ जाता है।

दो तख्त का मंच था और सामने कुछ कुर्सी। लाऊड स्पीकर हाथ में साथ लेकर चलने वाला। प्रत्याशी खांटी चुनावी नेता नहीं एक्टिविस्ट किस्म के व्यक्ति थे। हाल ही में इनके समूह के प्रयासों और मुकदमों के कारण लाखों किसान परिवारों के खाते में मोटा पैसा आया था। इनके लम्बे चले धरने की भी सब गांवों में

चर्चा थी। किसानों में सम्मान था। सारांश में नाम–काम सब था, बस चुनाव में मजा गायब था और मजा बड़ी चीज है। चुनाव में तो सबसे बड़ी। मजा आया तो आया, नहीं आया तो नहीं आया। यही वजह थी शाम ही नहीं, सभा भी ठंडी ही थी। कुल जमा 50–60 लोग सभा में थे और मजा लाने का सौदा और मिजाज प्रत्याशी का था नहीं। वक्ता गला थका रहा था और श्रोताओं के कान पका रहा था। लोग वहां बस अनुग्रह भाव में प्रत्याशी के लिए आए थे। कुछ यूं ही उत्सुकता में। प्रत्याशी वक्ता अच्छे थे, बात भी ठीक कहते थे पर लोगों को सभा समाप्ति का इंतजार था। एक और स्थानीय नेता को जोश आता देख जनता कुलबुलाई। सिर्फ थूक फेंकने से काम नहीं चलता। वक्त पर शाम की दवा भी चाहिए।

पीछे कोने में चुपचाप बैठा अधेड़ उम्र का कसरती बदन वाला वो बौडम सा आदमी एकाएक खड़ा हो गया और बोला, ''इजाजत हो तो मैं भी कुछ कह लूं।'' 'हां' कहने में जोखिम था और चुनाव में यूं किसी को 'ना' कहना और बड़ा जोखिम। वैसे इजाजत तो बस कहने भर को मांगी जाती है। असल में न कोई देता, न कोई लेता। उसने बोलना शुरू कर दिया और सीधे मुखातिब हुआ प्रत्याशी से। प्रत्याशी की जान हलक में। वो बोला, ''मैं तमे जानू और कई बरस से थारी खबरे भी अखबार में पढूं।'' पढ़ा–लिखा जान पड़ा पर शाम की दवाई जाने कहां ले जाए? ''थारे मुकद्में की वजह से मेरे खाते में भी 15 हजार रपे आए।'' उसने कहा तो प्रत्याशी को राहत ही नहीं मिली बल्कि आनन्द ही आ गया। यह तो किसी बाबा के दरबार में स्तुतिगान सरीखा था। कान में शहद जैसा। पर वो यहीं नहीं रूका, बोला, ''तुमने इन किसानों के खातों में जो बिना मेहनत मोटे रपे डलवाए यो तमने एकदम बावलेपने का काम किया। बुरा मत मानियों, ऐसे ही तुम बावले ऐसा ही थारा सरदार बावला।'' प्रत्याशी हैरान। बात जारी रखते हुए वो बोला, ''इन रपों से किसान ने खास कुछ ना किया, दो बोत्तल फालतू खरीदी, मुर्गी काट्टी, खा पी के लुगाई पिट्टी।

प्रत्याशी अब तक आशंकित आनन्दित, हैरान से आगे बढ़ उत्सुक हो चला था। उसने स्पष्ट किया, ''थारे 15 हजार रूपे में मैं कलक्टर तो बन नी गया, भुक्खा भी न मर जाता। इससे तो तम कुछ सौ करोड अंटी कर लेते और यहां हैलिकाप्टर उतारते तो ये जो सारे थारी बात कान पै कू तार रे, ताली पीट पीट कै आसमान गुंजा देते कि भई यू है मजबूत पार्टी।'' प्रत्याशी आश्चर्यचकित था और उधर उसने अपनी बात खत्म की, ''कुछ रूपयों के मिलने से, हक के हो या हराम के, म्हारा या समाज का भला ना होण वाला। थारे जैसे 2-4 संसद पहुंच जाते तो कुछ उम्मीद थी। हमै तो लुटेरों में से चुनना पडै।''

प्रत्याशी समझ नहीं पा रहा था कि उसके सामने कौन खड़ा है। यह कोई समर्थक या सामान्य नागरिक या किसान तो नहीं लगा। प्रत्याशी को नीतिगत मुद्दों से जुड़े होने का गर्व था पर ऐसा पैना विश्लेषण उसने बड़ी-बड़ी सेमिनारों में भी नहीं सुना था। चुनावी प्रजातंत्र के हालात का ऐसा सटीक, संक्षिप्त, सार गर्भित, जमीनी, सामाजिक, राजनीतिक विश्लेषण या कहें तो रिसर्च पेपर पेश करने वाला कोई गम्भीर राजनीतिक विचारक या रणनीतिकार सा लगा वो।

वो एकदम बौडम सा दिखने वाला आम चेहरा था याद भी न रहने वाला। सभा से निकलकर ज्यादातर ने जीतते प्रत्याशी के चेले से दारू पकड़ ली। उस बौडम ज्ञानी ने भी। तर्क वही, जब कुछ होना नहीं तो आम वोटर इस रस्मी मिलाई को क्यों छोड़े? प्रजातंत्र जिन्दा रहना चाहिए, उसका जश्न भी। असर शाम की दवाई का था या जिन्दगी भर की घुटन का पर बात आईना थी हालात का। कहते हैं शाम की दवाई सच जुबां पर लाती है। ये क्रान्ति भी करवाती है क्या? या क्रान्ति के कीटाणु मारने के काम आती है? प्रजातंत्र के जश्न में तो पक्का काम आती है!

33. बरगद

गांव में कहा जाता था कि बरगद उगाए और हिलाए नहीं जाते। बरगद बस होवें। गांव में मुसलमानों के बीस एक परिवार थे। सब दस्तकार। नाई, बढ़ई, मिस्त्री, राज। दो-एक परिवार ही खेती में थे। नजमु ताऊ बाबा जी की दाढ़ी घेर-बैठक में ही बना जाते थे। एक बार हांक मारने को बोला तो चचेरे भाई ने नाम की हांक मार दी। लठियाया गया। बाबा जी ने बताया कि तेरे बाप से ज्यादा उम्र का, ताऊ लगे। सबक याद हो गया। शादी-बारात, मुण्डन में उनकी बहुत पूछ होती। मेहमानों की दाढ़ी सोते-सोते बिना कट बनाने के उनके हुनर के चर्चे थे।

फसल आती तो अनाज की उनकी ढेरी अलग लगती। वो बाबाजी से अपनी पसन्द से भी ले लेते। एक बेटा मकसूद कहीं रिश्तेदारी में पला था और मोटर मिस्त्री का काम जानता था। ट्यूबवेल का मोटर गांव ही में खेत आकर ठीक कर देता था। उन्हीं रिश्तेदारों ने कस्बे में सैलून खोलने की कही। एक बेटे का मन था भी कुछ-कुछ। नजमु तो बरगद थे सो क्यों और कैसे हिलते। गांव के कई बरगद हिले तो नहीं पर समय के साथ ढह जरूर गए थे। हम तो नौकरी में हिन्दुस्तान भर के थे और गांव कभी-कभार वाले। खबरें मिलती रहती थी। मकसूद की शहर में मिस्त्री की नौकरी की एक बार बात की पर लड़के की अम्मा राजी ना हुई। मकसूद की गांव में दोस्ती भी बहुत थी। बाबा जी परलोक सिधारे फिर कुछ ही साल में पिता जी। नजमु की बीवी भी नहीं रही।

हम शहर में बस चुके थे पर गांव, घर, खेत तो थे। आना-जाना बढ़ा। देश-दुनिया की ही तरह गांव काफी बदल

चुका था। यह ज्यादा जानकारी और कम समझदारी का दौर था। दंगों के कारण तनाव था। गांव में कुछ उदण्ड थे। नजमु ताऊ के पोते से उनकी मुंह–भाषा हुई थी। बीच–बचाव में आए नजमु के साथ भी धक्का–मुक्की हुई, बताते हैं। उन्हीं दिनों गांव जाना हुआ तो मिलने खास तौर पर गए। उन्होंने कहा कि चिंता की कोई बात नहीं है। स्थिति काबू में लगी। उदण्डों से भी बात की। बड़ी नाराजगी नहीं दिखी। अपना मोबाईल नम्बर भी दिया।

नजमु का परिवार 5–6 महीने में गांव छोड़कर चला गया। मकसूद ने कस्बे में नौकरी पकड़ ली और लड़के का दाखिला वहीं करा दिया। नजमु उम्रदराज हो चले हैं मगर सेहत ठीक है। शहर आ गए हैं। एक पेड़ के नीचे सड़क किनारे बाजार में कील से शीशा टांग, कुर्सी डाल हजामत बनाते दिखे। दूसरा लड़का एक सैलून में काम करता है। खाली बैठ नहीं पाते, सैलून में नए लड़कों और तौर–तरीकों की आदत नहीं। उन्हें एक कुर्सी, बेंच और शीशा काफी लगा। उसने बताया कोई दिक्कत नहीं थी बस गांव में मस्जिद नहीं थी। मस्जिद तो खैर पीढ़ीयों से नहीं थी गांव में पर नमाज और जमात की मखौल भी नहीं थी।

हां अब ग्राहक नजमु का इंतजार करते हैं, नजमु नहीं। गांव का खराब मोटर अब कस्बे आता है लदकर। कई बार तो कस्बे में मकसूद के पास ही। कहां खेत में ही हो जाता था। शादी–ब्याह में नजमु का परिवार याद आता है पुराने लोगों को। नयों के तरीके नये हैं। सात साल नहीं गुजरा है कि नजमु का पोता सरकारी मुलाजिम है। बेटे ने दुकान खरीद ली है। नजमु बुजुर्ग हो गये हैं पर बाजार में इज्जत है, नाम है। वो बरगद नहीं हैं। गांव के बरगदों के जिक्र से उसके दिल में टीस आज भी उठती है। गांव खोकर वो आज 'जमींदार' है। नमाज बरगद वाली मस्जिद में पढ़ते हैं।

34. रामलला

बात सन् 2000 की है और मैं फौज में था। कारगिल सियाचीन के बाद कश्मीर से लखनऊ पोस्टिंग आया था। कण–कण में राम हैं और अखबारों व नेताओं की माने तो अयोध्या–फैजाबाद में कुछ ज्यादा मात्रा में हैं व उनके हैं। अयोध्या जी लखनऊ के पास है और गड़बड़ी की स्थिति में लखनऊ स्थित फौज की जिम्मेदारी थी। गड़बड़ी गैर जिम्मेदारी, नेतागिरी और धर्मांधता के घालमेल से होती ही रहती है, फिर जिम्मेदार ही जिम्मेदारी उठाते हैं, मन से या बेमन से। राज्य और केन्द्र में एक ही दल की सरकार थी और वो भव्य राम मन्दिर की पक्षधर भी थी इसलिए समर्थक सड़क पर थे रामलला विराजमान को 'टाट से ठाठ' में लाने को। रामलला सबको देते हैं सो उनको मिली थी सरकार और स्थिति बिगड़ती देख हमें मिली शान्ति

कायम करने की जिम्मेदारी। फौज में रेड ऐलर्ट और छुट्टियां होल्ड पर। छोटे–बडे नेताओं के बयानों ने हमारी जिम्मेदारी और बढ़ा दी। सुना सच्चे भक्तों को रामलला बुला लेते हैं सो हम फौजियों को भी बुला लिया शिला पूजन व कलश यात्रा में।

मन्दिर तो देश में एक से एक भव्य हैं। प्राचीन भी, नये भी। सिद्धान्तः रामजी के भव्य मन्दिर पर किसी को आपत्ति भी नहीं... बस राजनीति और सत्ता में दुराग्रह, लालच, दंभ, अविश्वास, डरना–डराना चलता ही है। तालमेल और मुआयने को हमारी पहले तैनाती हुई। फैजाबाद जिला क्या सोया–सोया सा कस्बा लगा और पावननगरी अयोध्या आनन्द से अलसाई शांत बहती नदी सी। कोई भागम–भाग नहीं। लोग भी शांत, संतोषी, श्री राम प्रेमी। नेतागण एकदम लक्ष्यभेदी! जनता देखो तो राम राज्य लगे और नेतानगरी अराजक सत्ता दिखे। एक धोबी को गफलत थी और वो भी मसला तभी निपट गया था, बाकी राम जी का और कोई झगड़ा–मुकद्मा बचा तो नहीं था। राम नाम बड़ा था और विडम्बना यह कि झगड़ा राम जी के ही नाम था, वो भी अयोध्या में, जब कि ज्यादा अशांत तो दिल्ली, लखनऊ था।

खैर फौज तो रामभक्त थी। पिछली पल्टन का तो युद्ध उद्घोष ही, 'राजा रामचन्द्र की जय' था। 'सत् श्री अकाल' और 'जय माता दी' कहने वाले इस नई पल्टन के लोग पंजाब और हिमाचल से थे। सोचा कहाँ इतनी दूर से फिर आना होगा, लगे हाथ परिवार वालों को भी दर्शन करवा दें। घूमना–फिरना, धर्म–कर्म साथ–साथ। सबके लिए बसों, खाने व आराम की जगह तय करने के लिए स्थानीय प्रशासन व लोगों के मार्फत एक पंडित जी से सम्पर्क हुआ। सरल, सज्जन और सुलझे आदमी थे। बोले, ''जेहि विधि राखे राम, तेहि विधि रहिए,'' और सब सुलझ गया। फौजी वर्दी का सम्मान बेशक सारे देश में है पर पंडित जी ने बिना फौजी वर्दी एक बार घूम कर मुआयना करने का सुझाव दिया। फौजी बूटो का बार–बार पहनना–उतारना अपने आप में झंझट था खासकर पवित्र स्थलों पर। उन्होंने 17–18 साल के दो

लड़के भी साथ कर दिए मार्ग दर्शन को। फौज सरहद और देश की हिफाजत करती है इसलिए फौजियों को जेबकतरों ठगों से बचाने को खास ताकीद की पंडित जी ने उन लड़कों को। नेताओं से बचाना तो पंडित जी और लड़कों की पहुंच के बाहर ही था।

ज्यादातर गांव-कस्बों के बच्चों की तरह, दौड़ लगा कर छाती नपवा कर, फौज में भर्ती हो परिवार की शान बढ़ाने की ख्वाहिश उन लड़कों की भी थी। लड़के उत्सुक और उत्साहित भी। वर्दी हमने भले नहीं पहनी थी, पर हमारी चाल-ढाल, बातचीत हमारी पहचान की सहज ही चुगली कर देते थे और रहा-सहा सच हमारे मार्गदर्शक जोश में, आनजाने ही उगल देते थे। खैर उसका ज्यादातर लाभ ही मिला और कुछ एक जगह ठगी से हमें इन अनुभवी लड़कों ने बचा लिया। रेलवे स्टेशनों पर उतरने वाले यात्रियों पर जिस तरह टैक्सी, टैम्पो, रिक्शे, होटल वाले शिकार की तरह झपटते हैं, बहुधा वैसा ही अहसास तीर्थ स्थलों पर होता है। तीर्थ स्थलों पर वी०आई०पी० दर्शन का जलवा और सामान्य को धक्का आम बात है। आस्था धर्म आदि काल से दुनिया में असंख्य लोगों के रोजी-रोजगार का जरिया बने हैं। दिव्य रूप सब देखता है और भीड़ उसे ढूंढती है। समझ कोई विरला ही पाता है। कर्म और भाग्यानुसार उससे सबको मिलता है रोजी, सत्ता, भ्रम या मोक्ष। सजा भी।

बड़ी प्रमुख जगह हनुमान गढ़ी है। आखिर हनुमान जी अयोध्या जी के दण्डनायक या दरोगा हैं। वहां मां सीता की रसोई और सरयू की डुबकी और बहुत कुछ है। रामलला विराजमान भी। पता चला मुगलों ने अयोध्या की जागीर एक ब्राह्मण परिवार को दे दी सो वो वहां के राजा हुए। रामजन्म भूमि-बाबरी मस्जिद मुकद्में में हिन्दू-मुस्लिम दोनों पक्षों में खास शिष्टाचार देखने में आया। दोनों मुद्दई लखनऊ दिल्ली के खिलाफ दिखे और तारीख पर कई बार एक ही रिक्शे में जाते बताये गये। दोनों लड़के सारा इतिहास रीति-रिवाज जानते थे

और उनका नाम पूछा तो एक मुसलमान निकला। उसके परिवार में फूलों और बढ़ई का पुश्तैनी काम था। परिवार मन्दिरों में सेवाभाव से कई पीढ़ी से जीविका उपार्जन कर रहा है। वो पूजा के अलावा सब करता–करवाता था।

भारी सुरक्षा बंदोबस्त, जाल, जाली, सींखचों के पीछे से खैर दर्शन हुए और उत्सुकता को विराम लगा। आनन्द आया सरयू की डुबकी में और हलवाई की जलेबी में।

कुछ आंखें वहां जलेबी को अरमान और बेबसी से देखती हैं। जाने वो आंखें दुग्धाभिषेक को कैसे देखती हैं? नदी में प्रवाहित होता मनों दूध और कुपोषण के शिकार वो बच्चे। फिर नदियों के पवित्रता के उपदेश। लोग मानते हैं यह कर्मों का फल है, पीड़ित खुद भी यही मानते हैं। यह ज्ञान भान दोनों का मन खराब नहीं होने देता। खैर फौजियों का वास्ता तो ड्यूटी और स्टेशन भर का।

दो दशक बाद संयोग हुआ अयोध्या जी रूकने का, एक अयोध्या वासी आग्रही मित्र के कारण। वो प्रबल राम मन्दिर समर्थक। स्टेशन पर टैक्सी की एकदम रामनाम उद्घोषक। मालिक हिन्दू, ड्राईवर निकला मुसलमान। श्रद्धालुओं को अयोध्या भ्रमण कराता था। सब कर्म काण्ड, ठीये–ठिकानों से परिचित क्या दीक्षित था। इधर–उधर की बात के बाद मन्दिर–मस्जिद का विवाद का पूछा तो बोला, "सब सियासत है जनाब। अल्लाह झूठ न बुलाए तब थोड़ा बुरा जरूर लगा था पर सच कहूं गाड़ी रोजी है, मजदूर आदमी हूं और रोजी पर हूं। पहले धन्धा मन्दा था, अब चल निकला है।" मैंने सुबह दर्शन के लिहाज से टैक्सी से ही उन मित्र को जानकारी और साथ के लिए फोन किया... वो हकलाए फिर बोले, "राम जी झूठ न बुलवाऐं रोजी पर हूं। सच कहूं दर्शन को दस साल से ज्यादा हो गया, काम–धन्धा मन्दा है। हालत खराब है और समय ही नहीं मिलता।" दोनों का सच रामलला ने भी देखा।

35. मिठाई

कस्बे का सबसे अच्छा स्कूल था। इतना अच्छा कि दूसरे स्कूल वालों के बच्चे भी उसी स्कूल में पढ़ते थे। जाहिर है दूसरों की आंखों में खटकता था। नेताजी की आंखों में कुछ ज्यादा ही। नेताजी का भी स्कूल था अच्छा—बड़ा। खूब पैसा भी लगाया था। नेताजी हर काम करते थे पढ़ाई—लिखाई के अलावा। हर काम पैसे से होता भी नहीं। अपने स्कूल पर इतना पैसा खर्च कर भी वो रूतबा न होना उनकी दुखती रग थी। बात रूतबे की तो थी ही पर दूसरा स्कूल चल भी जोरदार रहा था।

उस स्कूल को एक दम्पत्ति ने डेढ़ दशक पहले बड़े—छोटे स्तर पर शुरू किया था। वो शिक्षा को समर्पित थे। उन्होंने अच्छी शिक्षा पर मेहनत की और दिमाग लगाया। शोहरत और पैसा खुद—ब—खुद आ गए। नेक नीयत मंजिल आसान। नेताजी एक राजनैतिक दल के पदाधिकारी थे और कस्बे के हर धंधे में दखल रखते थे। सुनने में आता था कि एक जमाने में बसें भी लूटी। दण्ड—फण्ड, दांव—पेंच उनकी फितरत थी या आदत बनी, खुदा जाने। थी पक्का। पक्के घड़े टूटते हैं बदलते नहीं। नेताजी फितरतन या आदतन अपने स्कूल का स्तर सुधारने के बजाए दूसरे स्कूल का रूतबा गिराने की योजनाएं बनाते रहते। उनकी जो भी हैसियत थी मंत्रियों, नेताओं और अफसरों की खिदमत से हासिल थी। कस्बे की 'खास मिठाई' के साथ 'बहुत कुछ' लेकर मंत्रियों और अफसरों की सेवा में हमेशा खड़े मिलते। बहुत कुछ का नेताजी जाने, 'कस्बे की मिठाई' थी लाजवाब।

चला तो नेताजी सब सरकारों में अपना सिक्का लेते थे पर खुला हाथ नहीं मिल रहा था। चुनाव में सरकार बदली तो

नेताजी को मानो मुंह मांगी मुराद मिली। कुछ अधिकारियों को साध और अभिभावकों को बहकाकर उस स्कूल की मान्यता समाप्ति का मामला सेट कर दिया। दम्पत्ति को शिक्षा समझ आती थी, नेता नगरी नहीं। अफसरशाही में सुनवाई हो नहीं रही थी और सरकार का उन्हें पता नहीं था। दंपत्ति हैरान परेशान। गुपचुप खुंट पैंच चल भी जाती पर घिर जाने पर तो बकरी भी शेर पर हमला कर देती है कभी–कभार। ऊपर वाला भी मदद करता है कोशिश करने वालों की।

नेताजी ने सरकार के एक छोटे मंत्री को घर खाने पर बुलाया। सत्ता घर पर थी और कस्बे का हर व्यक्ति भी। नेताजी जोश में एक अधिकारी को लताड़ दिए सबके सामने। दूसरे स्कूल की ईंट से ईंट बजाने का खुला ऐलान भी कर दिया। इसे सत्ता सिर चढ़ना बोलते हैं। जो दबी हुई थी खुलकर सामने आ गयी। 'मिठाई' सबको पसंद है खुली लताड़ किसी को हजम नहीं। अधिकारी को तो बिल्कुल नहीं। अधिकारी मिठाई को हक मानता है, भीख नहीं। फिर वो डेढ़ हजार बच्चों का स्कूल था, कोई मिठाई की दुकान नहीं। बात कस्बे में आग की तरह फैली। कस्बे का सबसे उम्दा स्कूल था। अभिभावकों को दंपत्ति से सहानुभूति न भी हो तो भी अपने बच्चों के भविष्य की चिंता उन्हें पूरी–पूरी थी। मानो सारा कस्बा सड़क पर था नेताजी के खिलाफ। और धंधों के कच्चे चिट्ठे भी खुल गए। नेताजी के स्कूल में ही बगावत हो गयी कस्बे का मूड देखकर।

सरकार की थू–थू हो रही थी। पार्टी और मंत्री जी ने पल्ला झाड़ लिया। स्थानीय प्रशासन ने भी भड़ास निकाली। स्कूल के पुराने छात्र अच्छे ओहदों पर थे। वो भी सक्रिय हुए। कस्बे के नेताजी को फोन आया राजधानी से एक बड़े नेता का। ये मिठाई लेकर पहुंचे पेशी पर। दंपत्ति वहां मौजूद था। इन्हीं की लाई मिठाई इन्हें ही खिलाने का आदेश बड़े नेताजी ने दंपत्ति को दिया और उन्होंने पालन किया।

अपने नेताजी को उस मिठाई का शौक बहुत था पर उस दिन इतनी कड़वी लगी कि अब उस मिठाई को देखना भी उन्हें गवारा नहीं।

36. नाज से नाज

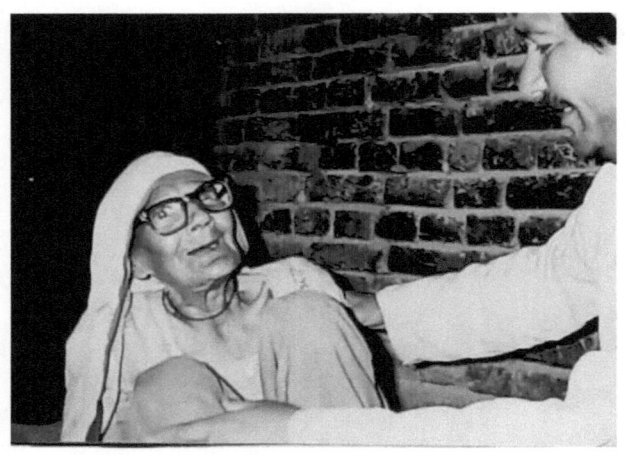

किस्सा गांव कुटुम्ब का है। वहां बोल चाल में अनाज को 'नाज' कहना आम है। कुटुम्ब की ही एक दादी थी 'गंगा किनारे वाली।' हमने तो उन्हें छोटी सी, छुर्रीदार चेहरे वाली, पोपले मुंह की ही देखा पर सुनते थे काफी तगड़ी थी। ताकत तो खैर उनमें बुढ़ापे के लिहाज से तब भी बहुत थी। पकड़ कर दबोच लेती थे बदमाशी करने पर। उनकी एक अलग कोठरी थी अन्धेरी सी, किसी बूढ़ी जादूगरनी की सी। उसमें क्या खजाना, जादू-टोना था, यह उत्सुकता सहज पैदा होती थी। 'गंगा किनारे वाली' इसलिए कि उनके मायके का गांव गंगा जी के पास था।

हमारे पिताजी शहर में सरकारी नौकरी में थे। उनका बड़ा इंतजार करती थी। अक्सर पूछती 'गूंगा' कब आएगा? पिता जी बचपन से कम बोलते थे। उनकी माता जी, मतलब हमारी दादी जी का स्वर्गवास, जब वो पहली दूसरी कक्षा में रहे होंगे, तभी हो गया था। कुटुम्ब में कुछ को पिताजी से विशेष सहानुभूति थी।

गंगा किनारे वाली दादी का मसला सहानुभूति से अलग कुछ और भी था।

हमारा इलाका दूध–दही का इलाका है, मांस–मच्छी का नहीं। मांस–मच्छी खाना अच्छा भी नहीं माना जाता था। कुटुम्ब में पड़बाबा जी खाते थे सो उनकी रसोई बरतन घर नहीं घेर–बैठक में रहते थे। गंगा किनारे के गांवों में मछली खाना आम है देश भर में। पूर्वी उ0प्र0 में तो मछली को 'जल तोरई' बताते हैं मानों यह नाम भर रख देने से मछली शाकाहारी भोजन में शामिल हो गयी हो। दादा जी के फौज में बाहिर रहने और दादी जी के जल्दी स्वर्गवास के कारण पिताजी बाहर पढ़े। पड़बाबा जी और होस्टल से उन्होंने मांसाहार, दारू और सिगरेट सीखी। पड़बाबा जी के बाद हमारे पिताजी से ही गंगा किनारे वाली दादी को कुछ आशा थी। उनके पास एक छोटा रहस्यमयी गिलास भी कभी–कभार चर्चा में आ जाता था। जब मायके होकर आती तो लाल सुर्ख होती। मन का खाना तन को भी लगता है।

यूं तो उन्होंने कुटुम्ब में कई क्रान्तियां की पर एक जो खुल्लम खुल्ला दिखती थी, वो थी छोटी 'चिलम।' कली बोलते थे उसे। हुक्का शान माना जाता था। दादा जी तर्क था, 'कली' गलत है तो हुक्का सही कैसे? पर 'कली क्रान्ति' करने वाली वो पहली भी नहीं थी। वैसे देश में खाने–पीने के मामले में भी पाखण्ड बहुत है। खाएंगे पीएंगे भी तो छुपाकर या जीएंगे मन मारकर। कुटुम्ब में खाने के नाम पर साग, सब्जी, रोटी, दाल, चावल ही था। अनाज घर ही में उगाते थे। दादी की क्रांति 'कली' तक थी या पिताजी के आने पर अलग खास रसोई तक। कुछ पकाना उन्होंने पिताजी को सिखाया और कुछ होस्टल का सिखाया पिताजी ने दादी को। दोनों दबते नहीं थे। दोनों की खूब घुटती थी, औरों को जलन मचती थी। कुटुम्ब में अगर किसी ने ताना मारा तो सीनियर हो चुकी दादी अब ऐलानिया कहती थी, ''अजीब घर में ब्याह हो गया? इन्हें खाना ही नहीं आता। नाज से नाज खावें!''

गांव की आम बोलचाल में 'नाज' मतलब 'अनाज।'

37. समाधान

फौज के रिटायर्ड ब्रिगेडियर थे। बात भी फौजी अंदाज में करते। खानदानी फौजी थे और जिन्दगी भी फौज में ही गुजरी थी। देश के एक बहुत बड़े संवैधानिक पद पर आसीन दूर के रिश्तेदार राजनीतिक नेता के घर दो काम से आए थे। बेटी के लिए रिश्ता ढूंढ रहे थे और अपने लिए आने वाले चुनाव में पार्टी का टिकट। गांव-बिरादरी के कुछ शरारती लोगों ने ब्रिगेडियर साहब को मसखरी में चढ़ा दिया और माननीय के पीछे लगा दिया पार्टी टिकट के लिए। चुनाव में सोलह कला अवतार चाहिए और फौज की नौकरी सीधा सरल काम। माननीय नेताजी की गले की फांस बन गए थे। समझाना मुश्किल था, दो टूक मना करना अच्छा नहीं लगा। रिश्तेदार थे ऊपर से फौजी अफसर।

एकदम टिकट को 'ना' हो जाती, अच्छा था। 'ना' ना होना ब्रिगेडियर साहब को 'हां' लगी। उनमें तो दुगना जोश भर गया, उनके दो-चार समर्थकों में भी। इतने बड़े नेता के आशीर्वाद बाद तो युद्ध 99 प्रतिशत जीता हुआ ही मान लिया। बाकी 1 प्रतिशत के लिए वो इलाके बिरादरी में निकल लिए हल्ला मचाने। गनीमत

थी बैठने की, उनकी जगह ही चार थी। चारों गैर राजनीतिक और एक का भी पार्टी से दूर–दूर तक लेना–देना नहीं। पांचवीं जगह दिल्ली में माननीय का घर। घर श्तिेदार की तरह आते ठीक था पर नेता की तरफ घर आकर जमना और उनका नेतागिरी पर मुंह खोलना माननीय की इज्जत को खतरा था। कमरे से बाहर भेजना रिश्तेदारी को खतरा था। माननीय की कई बार सांप–छुछंदर की स्थिति हो जाती थी। न उगलते बनता न निगलते।

मेजर साहब राज्य और बिरादरी के एक बड़े कद्दावर सामाजिक नेता के साथ माननीय के घर आए। मेजर साहब की उम्र काफी कम थी। थोड़ी बहुत पारिवारिक राजनीतिक पृष्ठभूमि भी थी। पढ़ने–लिखने के शौकीन थे। परिचय हुआ रिश्तेदारी का। चर्चा हुई। माननीय दिल्ली जरूर आ गये थे पर राज्य में बोई अपनी ही चरस से दुःख पा रहे थे। फौजी मरते दम तक जवान कहलाता है और नेता चिता तक राजनीति नहीं भूलता। गजब की याद्दाश्त थी। दिल्ली से ही राज्य की चौसर बिछा रहे थे। माननीय उम्रदराज हो चुके थे, स्वास्थ्य साथ नहीं दे रहा था और बोई चरस खेत लील चुकी थी पर बुजुर्गवार का हौसला काबिले तारीफ था।

जानकारी थी या युवा जोश पर मेजर साहब ने कुछ टिप्पणी कर दी। बुजुर्गवार चौंके। विस्तृत चर्चा हुई तो मेजर साहब की जानकारी और तर्क प्रभावशाली लगे। मेजर साब 5–6 साल फौज

में रहे थे और एक पूर्व प्रधानमंत्री जी का आशीर्वाद उन पर रहा था। वहीं सिखलाई भी हुई थी। नीतिगत मामलों में स्वाभाविक रूचि थी। लेकिन बुजुर्गवार आज रूचि युवा मेजर साहब में ले रहे थे। साफ दिखा। मेजर साहब भी अपने पर गर्व किए।

खाना लग गया था। माननीय बुजुर्गवार कद्दावर सामाजिक नेताजी का हाथ पकड़कर साथ के कमरे में ले गए और कहा, ''मेजर तो राजनीतिक आदमी लगता है। ब्रिगेडियर एकदम फौजी है। टिकट के लिए गले पड़ा है और चुनाव से पहले हार जायेगा। जवाई ढूंढ रहा है। ऐसा करो अगर मेजर का ब्याह न हुआ हो तो ब्रिगेडियर की बेटी से करवा दो और टिकट मेजर को दिलवा देते हैं। मेजर जीत जाएगा। नाक बचेगी, टिकट बर्बाद भी नहीं होगा। काम निकल जाएगा और जान भी छूटेगी।

उपलब्ध संसाधनों से ही समाधान निकालना राजनेताओं से सीखा जा सकता है सबसे अच्छा।

38. लोक लाज

लोकल अटैचमैन्ट था। मेरी मिलिट्री अस्पताल में 24 घण्टे की डी एम ओ ड्यूटी थी। डी एम ओ मतलब 'ड्यूटी मेडिकल अफसर।' डी एम ओ ड्यूटी दोपहर 2 बजे से अगले दिन सुबह 8 बजे तक होती थी और ये 24 नहीं लगातार 36 घण्टे की होती है। 'ऑफ' नहीं मिलता, ना आगे न पीछे... बस थोड़ा वक्त कपड़े भर बदलने का। इमरजेंसी केस आ जाए तो काम ही काम वरना दफ्तरी रूटीन मतलब ठण्ड एकदम। बैठे-बैठे थक जाओ तो वार्ड राउन्ड ले लो।

ड्यूटी शुरू ही हुई थी, सर्दी आई नहीं थी। सूर्य देवता साफ आसमान में थे पर धूप में गर्मी नहीं थी। मैं फौज में नया-नया था और एक जे सी ओ साहब से अपनी ड्यूटी के प्रशासनिक पक्ष को समझ रहा था। डॉक्टरी का तो अस्पतालों में ज्यादा अंतर नहीं होता। बाहर सूरज की रोशनी में बैठना तय हुआ। बाहर 25 मीटर दूर वो तीन लोग खड़े थे। गांव-देहात के थे। एक 65 साल से ऊपर, दूसरा 40 के लगभग और तीसरा सीनियर स्कूल जैसा लड़का। लगा मरीज हैं या मरीज के साथ। वो बुजुर्ग स्टाफ से कुछ जानकारी ले रहा था। हम काम में व्यस्त हो गए।

15-20 मिनट बाद वो बुजुर्ग अकेले मेरे पास आया और जोर से 'राम राम' की। मैंने जवाब दिया। अंदाज-आवाज लोकल थी। हमारे इलाके की खड़ी बोली। बुजुर्गवार बोले, "पहचाणा तो ना होगा? तम तो सहर के हो गये," मैंने पहचाना नहीं था और यह मेरे चेहरे पर लिखा था। उसने अपनी बात जारी रखी, "तेरे बाप को खिलाया मैंने। जल्दी चला गया। घुड़सवार जोरदार था और कबड्डी में तो आदमी के ऊपर कू कूद जा था।" समझ आ गया

गांव के या आसपास के हैं। मेरी स्कूली पढ़ाई दूसरे शहर हुई सो मेरा ज्यादा जानने का दावा भी नहीं था। स्व0 पिताजी के बारे में ये बातें आम थी। मैंने पूछा, "कोई काम है?" बुजुर्गवार बोले, "बिना काम ना आ सकते अपणे बालक से मिलने।" मैंने फिर पूछा पर वो अपनी बात पर अडिग रहे। फिर कुछ इधर-उधर की बात की। मेरी कोई रूचि नहीं थी। मैंने लिहाज, लोक लाज में चाय-बिस्किट भी मंगवा दिए। बुजुर्गवार अकेले डटे बाकी दो दूर खड़े रहे।

मैं चट रहा था। भगवान ने सुनी और आई सी यू से एक मरीज के लिए फोन आ गया। मैंने इजाजत मांगी तो वो बोले, "अजी काम सबसे पहले।" मैं उन्हें चाय पीता छोड़ रवाना हुआ। दो घण्टे बाद कई वार्ड का राउण्ड लेकर वापस आया तो वो जा चुके थे। लोकल ऐटचमैन्ट रहा कुछ ही महीने का। काफी लोकल परिचित मिलते रहे। फिर पोस्टिंग आ गयी कश्मीर।

फरवरी में गांव में बाग लगना था। पौध मलिहाबाद से मंगाई थी। गांव आना-जाना हुआ छुट्टी लेकर। सर्दी थी। रास्ते में एक आदमी दौड़ता हुआ आया और शुक्रिया अदा किया। मैंने सोचा कोई मरीज रहा होगा। उसने बताया कि काम हो गया था और फलाने ताऊ को पन्द्रह हजार दे दिए थे। किसी डॉक्टर का सा नाम होता तो मैं सोचता ऑपरेशन की फीस होगी पर वो वैसा कुछ था नहीं। मैं चौंका और पूछा, "किस बात के?" मामला खुला। वो आदमी बुजुर्गवार के साथ अस्पताल आया था अपने बेटे को लेकर फौजी भरती के लिए। बुजुर्गवार, जो गांव के आसपास थे, उन्होंने आश्वासन दिया, "म्हारा बालक है। काम कान पकड के करवा देंगे।" मैं उन्हें क्या उनके गांव खानदान को भी नहीं जानता था। लोक-लिहाज में ही बात की चाय पिलाई। उस बच्चे की शायद खुद से भर्ती हुई। बुजुर्गवार ने उस गरीब से 15000/- उतार लिए। पन्द्रह हजार उस जमाने में ठीक-ठाक रकम थी।

मेरे भाव देखकर उस आदमी का भी माथा ठनका। मुझे समझ आया बुजुर्गवार थाना, कचहरी, भर्ती खाने का पुराना दलाल है। आदमी अब झिझक रहा था पर मैंने साथ लिया और उसके घर का रास्ता दिखाने को कहा। मरता क्या न करता। चला। कमाल की बात थी, इस आदमी में धोखाधड़ी से गुस्सा नहीं, डर था। डर उस बुजुर्ग का था या अपने बेटे के भविष्य का पर था। बुजुर्गवार पंचायती में 8–10 लोगों के बीच हुक्का गुड़गुड़ा रहा थे। वो थोड़ा सकपकाया लेकिन डरा नहीं। मैंने धमकाया और भविष्य में आस–पास नजर आने पर जेल भिजवाने की धमकी दे डाली। मैंने चौड़े में उसका भाण्डा फोड़ दिया था।

ऐसा मैंने सोचा। हकीकत कुछ दिन बाद पता चली। वो आस–पास के कई गांव का 'लिकाड़ू' है। काम का आदमी। पैसे लेता है, यह सबको पता है पर रोजमर्रा में थाना–कचहरी सब जगह काम भी आता है। सच कहूं तो उसका तो खासा रूतबा है कई गांव में। असल में नाराजगी गांव वालों को मुझसे हुई थी। अफसर हो तो अपने लिए, उनके किस काम के? फिर बड़े–छोटे से बात करने का तरीका और सामाजिकता भी होना चाहिए। ''अफसर बन गए 'लोक लाज' की समझ ना है,'' किसी ने कहा हुक्का गुड़गुड़ाते। 15 साल बाद इत्तेफाकन बुजुर्गवार की तेरहवीं में जाना हुआ। भारी भीड़ थी।

39. धर्मांतरण

शहर के प्रतिष्ठित ईसाई मिशनरी कॉनवेन्ट स्कूल के गेट पर धरना था किसी 'किसी जागरण मंच' का। आरोप बच्चों को ईसायत पढ़ाने और धर्मांतरण का माहौल बनाने का था। शुरू में गिने–चुने लोग थे धरने पर। देश–प्रदेश के हालात इन दिनों हर वक्त नाजुक हैं सो भारी पुलिस बंदोबस्त भी आ जमा। टी0वी0 चैनल तो इतने तेज मानो धरना उन्होंने ही अर्जी देकर करवाया हो या धरने वालों ने उन्हें न्यौत कर धरना दिया हो। चुनाव करीब है, कौन बात क्या रूप ले लें, सोचना पड़ता है। शासन–प्रशासन को तो सौ बार, मीडिया की तो सिर्फ टी आर पी है। दुर्घटना से ऐतियात भली। धरना बढ़ा तो असुविधा स्कूल प्रशासन को ही नहीं, सबको हुई।

सरकार किसी भी दल या विचारधारा की हो, बच्चे सबके हैं, खासतौर पर उस प्रतिष्ठित स्कूल के, जहां शहर के कई अधिकारियों और प्रमुख नागरिकों के बच्चे पढ़ते हों। टीचर के आगे मां–बाप और डॉक्टर के आगे तामीरदार बेबस हो ही जाते हैं। शहर में बहुतों के मोबाईल बजने लगे। प्रशासन की और हालत खराब। स्कूल के खिलाफ धरने पर सत्तारूढ़ दल की विचाराधारा के लोग और बच्चों को स्कूल लेने–छोड़ने आने वाली गाड़ियों पर भी सत्तारूढ़ दल के ही झंडियां–स्टीकर। आखिर विचाराधारा अपनी जगह, बच्चों की पढ़ाई अपनी जगह। और हां राज अपनी जगह। वैसे अंग्रेजी का सड़कों पर विरोध का नेतृत्व करने वालों के बच्चे पढ़े तो अंग्रेजी स्कूलों और विदेश में ही। खैर मुद्दा यह नहीं धर्मांतरण था और मुद्दा नहीं भटकना चाहिए। देश तो कई सौ साल से भटक ही रहा है। अब सत्तारूढ़ दल के नेता ही धरना लगवा रहे थे और सत्ताधारी ही

प्रशासन पर धरना हटाने को दबाव बना रहे थे। प्रशासन का काम सवाल करना नहीं संतुलन और समाधान साधना है। यही उसकी साधना है। जांच कमेटी बनाकर शिकायती धरने वालों से वार्ता शुरू की गयी। धरने वालों की इज्जत बचे, बने और धरने की भी राड कटे।

जिलाधिकारी महोदय निष्पक्ष सुलझे हुए आदमी थे पर झुंझला गए। नाराजगी में नाराज लोगों से नाराजगी पूछी तो वो फट पडे। 'अंग्रेज चले गए, अंग्रेजी छोड गए' किसी ने फब्ती कसी। किसी ने आक्रोश व्यक्त किया कि आजाद हिन्दुस्तान में उनके बच्चे ईसाई परम्परा में शिक्षा क्यों लें? स्कूल प्रतिनिधि ने प्रतिरोध किया कि सिलेबस सरकार द्वारा मान्यता प्राप्त बोर्ड का है, स्कूल का नहीं और किसी ने किसी को जबरदस्ती दाखिला नहीं दिया है। जिसका जहां मन हो, अपने बच्चों को पढ़ाए, स्कूल को आपत्ति नहीं। धरना पक्ष फट पड़ा कि वो अपने बच्चों को क्यूं हटाएं। इतनी मुश्किल से दाखिला मिलता है। अधिकारी ने स्कूल के नियम-कानून का हवाला दिया तो उस पर तुरन्त स्कूल वालों की तरफ लेने का आरोप जड़ा गया। अधिकारी ने सपाट पूछा कि जब आपका स्कूल पर धर्मांतरण का इल्जाम है तो आपको अपने बच्चे को वहां क्यूं पढ़ाना है? अब तो अधिकारी भी धरना टीम को खुद मिशनरी सा या मिशनरी स्कूल का पढ़ा सा लगने लगा था। जनता और नाराज। सभी दलों के नेता खासकर सत्तारूढ़ दल के नेता पहले ही स्कूल वालों से मंत्रियों तक को लिफ्ट न देने से नाराज थे।

जवाब आया कि स्कूल में पढ़ाई अच्छी है, अनुशासन भी। शहर के सब बड़े-बड़े लोगों के बच्चे वहीं पढ़ते हैं। दूसरे प्राइवेट स्कूल फीस मोटी वसूलते हैं। और फिर सवाल आया कि क्या आम लोगों के बच्चों को अच्छी पढ़ाई का अधिकार नहीं है जिनके पास मोटा पैसा, बड़े मंत्री या अधिकारी की सिफारिश न हो? बात आई कि जिस पर पद-सिफारिश कुछ न हो, वो तो धरना ही दे सकता है प्रजातंत्र में। जिला शिक्षा अधिकारी मीटिंग में मौजूद थे

और लपेटे गए। शिक्षा विभाग के ज्यादातर अधिकारियों के बच्चे इन्हीं स्कूलों में थे। यह तथ्य और तर्क अधिकारियों को जहां कटघरे में खडा करता था और शिक्षा विभाग की नाकामी का प्रमाण था, वहीं ईसाई मिशनरी स्कूलों की शिक्षा के प्रति निष्ठा, प्रतिबद्धता और गुणवत्ता का भी सुबूत था। आजादी के 70–75 साल बाद आम आदमी की इस धारणा ने कि सरकारी से मिशनरी स्कूल अच्छे हैं, गांधी के गुलाम देश में बनाए आमजन के मनोबल के ध्वस्त होने की सार्वजनिक घोषणा सी कर दी थी। नाशुक्रापन ऐसा कि अपने निकम्मेपन को न मानकर सारा दोष घुमा-घुमा कर मिशनरी ईसाई स्कूलों पर थोपा जा रहा था। स्कूल के प्रतिनिधि ने भी गुस्से में जिला शिक्षा अधिकारी पर दाखिलों और पैसे के लिए दबाव बनाने का आरोप लगा दिया। शिक्षा विभाग घबरा गया।

असली मसला, सस्ती सुलभ शिक्षा का था, यह जिलाधिकारी समझ चुके थे। यूं चौड़े में विवाद अपनी ही सेहत और इज्जत के लिए खतरनाक लगा। तत्काल समूची शिक्षा व्यवस्था में सुधार सम्भव नहीं था। जो हो सकता था या जरूरी था, उस पर ध्यान देना ही ठीक लगा। आदर्श सिद्धान्त पीछे रख घिसे-मंजे संकट मोचकों की सेवा लेना तय हुआ। इंस्पेक्टर साहब खेले-खाए आदमी थे और मंत्री जी का सर पर हाथ था। ईसाई फादर को आदत तो नहीं थी पर इतने सालों में तंत्र वो भी समझ चुके थे। उनके परिचित एक समाज सेवी को वार्ता और जांच में डाला गया। संकट निवारण टीम का सूत्र साफ था बखेड़े की जड़ समझो। उसे पकड़ो और कांटे से कांटा छुरा निकालो। बैक चैनल और डीप स्टेट एक्शन में आ गए।

राड़ की जड़ तीन आदमी निकले। भीड़ की भेड़ों को हांकने वाले गड़रिए। एक, जिसके बच्चे का दाखिला नहीं हो पाया था। दूसरा, जिसका रिश्तेदार लड़कियों से छेड़छाड़ के मसले में स्कूल से निकाला गया था। तीसरा नेतागिरी का शौकीन, छपास का मरीज, जिसके पीछे एक प्राईवेट स्कूल का हाथ था। सबसे

अलग-अलग डील करना तय हुआ। खोजी तंत्र हरकत में आया। सबकी कुण्डली खंगाली गयी। शिजरा निकाला तो सबसे खूंखार सबसे आसान शिकार निकला। मंत्री जी का बच्चा भी स्कूल में था और वो स्कूल प्रबन्धन के संकट मोचक बनने को आतुर थे। थोड़ी छवि बदलने की भी इच्छा थी। इंस्पेक्टर साहब को मंत्री जी ने बताया कि विचारधारा व्यापक पर व्यक्तिगत विषय है, उसे छोटे-मोटे रोजमर्रा के मामलों में क्यूं घसीटना। सो काम और आसान हो गया। बहु कला अवतार इंस्पेक्टर ने प्यार से छेड़छाड़ का पुराना केस याद दिलाया और बच्चे के भविष्य पर चिंता व्यक्त की। बेरोजगार लड़के का किसी ईसाई लड़की से एकतरफा इश्क उसे 'घर वापसी' आन्दोलन का युद्ध सेनानी बनाए न बनाए, जेल यात्री जरूर बना सकता था। एक प्लॉट का झगड़ा भी निकल आया और समझदार को तो इशारा काफी। बच्चा पढ़ाई में कमजोर था पर 'अपना बच्चा सबसे अच्छा।' दाखिला तो सिफारिश न होने के कारण ही रूका था, माना गया और जिलाधिकारी जी ने सहानुभूति दिखाई। मंत्री, अधिकारी और स्कूल प्रबन्धन जनतंत्र के मालिक की आक्रोश मिसाईल की मारक क्षमता और सीमा में रहने भी चाहिए।

तीसरे का निपटारा मंत्री जी ने राजनैतिक कौशल से किया। छपास के शौकीन की समाजसेवी जी के साथ बड़ी फोटो शहर के सभी प्रमुख अखबारों में मसले के कामयाबी से सुलटने की खबर के साथ थी। दोनों स्कूल की जन सुनवाई सेल में भी शामिल किये गये थे। किसी अन्य कार्यक्रम में मंत्री जी भी सुर्खियों में थे कि उनकी सरकार भेदभाव में विश्वास नहीं करती। उसी माह राजधानी में सर्व धर्म विश्व संसद का भी आयोजन था।

स्कूल प्रबंधन ने चैन की सांस ली। दंगों के लिए बदनाम शहर ने भी। इंस्पेक्टर साहब के मार्फत समाज सेवी जी के साथ, स्कूल प्रबंधन मंत्री जी से मिला धन्यवाद ज्ञापन हेतू। पत्रकार जी भी थे। मंत्री जी ने नम्रता और शिष्टता से बताया कि जनसेवा ही उनका धर्म कर्म है, अतः धन्यवाद की कोई जरूरत नहीं। बर्फी

की प्लेट खुद सर्व की 'फादर' को और कहा कि इंसान ही इंसान के काम आता है। साथ ही आशा व्यक्त की कि वो जरूरतमंद बच्चों के दाखिले पर हमेशा सहानुभूति पूर्वक विचार करेंगे। पत्रकार महोदय ने स्कूल की बेहतरीन खबर की कतरन और एक नोट फॉदर को सौंप दिया प्रेमपूर्वक। मंत्री जी ने पत्रकार महोदय को सेवा भाव का गौ आदमी बताया और इंस्पेक्टर साहब ने उनकी प्रतिभावान बच्ची का जिक्र किया।

धर्मांतरण पर गठित कमेटी की रिपोर्ट 15 दिन में आ गयी। देश में सब कुशल मंगल है।

40. राय साहब

अपना खेत जानते थे बुजुर्गवार। डोकरे ने ढाणी-ढाणी का पानी चखा था और ढोरे-ढोरे की रेत का इतिहास जानता था। बुजुर्गवार की अनुभवी पारखी नजरें इस उम्र में भी रण पर ही थी। राष्ट्रीय राजनीति में कभी ज्यादा रूचि नहीं रही थी, अब लेनी पड़ रही थी। बुजुर्गवार नाराज थे अपने दल वालों से कुछ ज्यादा ही।

मशविरा दुनिया देती है। सब राय साहब। खासकर जिनके पास कुछ देने को नहीं, वो राय ही देते हैं बस। जिनके पास देने लायक राय है, वो ही नहीं देते। देते है तो कीमत लेकर। राजनीति की बात करना देश का सबसे आसान और पसंदीदा काम है। सबको शौक है, हमें भी। प्रधानमंत्री को क्या करना चाहिए, प्रधानमंत्री के अलावा सबको देश में पता है। यू.पी., बिहार वाले तो वैसे भी भारतीय राजनीति की दाई हैं। मानो बिना देखे पेट में क्या है, बता दें। ऐसी गलतफहमी खूब है। हमने भी राय दे ही दी। डोकरे को जंची भी। हमने किसी और के लिए भी राय दे दी। उन्होंने सुनी। उत्साह में हमने राय से आगे बढ़ दावा भी ठोक दिया कि फलां-फलां हमारी सुनते तो ये नौबत ना आती।

अब नौबत आ गयी। बुजुर्गवार ने फरमाया, "वो आपसे राय मांग रयो है?"

"मांग तो कोणी रयो हुकुम," हमने जवाब दिया।

"बिना मांगे जो अपण राय दे रहे हैं वो मान रयो है।" डोकरे ने पूछा। "मान भी कोणी रयो हुकुम," हमने बताया।

बुजुर्गवार मुस्कुराए, ''वो अपण से राय मांग नी रयो, बिना मांगी अपणी राय मान भी कोणी रयो, फिर अपण राय दे क्यों रहे हैं?

बुजुर्गवार आधी शताब्दी से ज्यादा बेवजह ही सामाजिक जीवन में छाये नहीं रहे और राय साहब कभी नहीं रहे।

41. कौशल विकास

केन्द्र में मोदी सरकार के बाद उ0प्र0 में योगी सरकार बनी तो हमने पारिवारिक परिचित छन्नु मियां से चुस्की ली, "अब तो मियां भाई की हवा डबल टाईट हो जायेगी?"

अन्सार साहब उर्फ छन्नु मियां स्वतंत्रता सेनानी परिवार से हैं। रात भर भटकते हैं खिदमते खल्क में। लोग बताते हैं कि फरिश्तों की ड्यूटी बदलवाकर ही बिस्तर पकड़ते हैं। 'अब्दुल के पंचर' का जिक्र उन्हें चिढ़ाने को बहुत काम आता था। उसे वो अब समझ गए हैं सो आजकल कम काम करता है। नई चुस्की 'डबल टाईट' को उन्होंने नजर अंदाज किया। हमने दो एक बार और ठोंग मारी तो उनका भी रोजा टूट गया।

बोले, "हम तो चाहते हैं योगी-मोदी एक योजना और आएं। औरों ने कौन सी दरवाजे पे जन्नत ला दी मियां के। उनके राज में भी अब्दुल पंचर ही लगा रहा था सो आज भी लगा रहा है। इंशा अल्लाह अब्दुल से आज तक पाना यह नहीं छीन पाए, तो

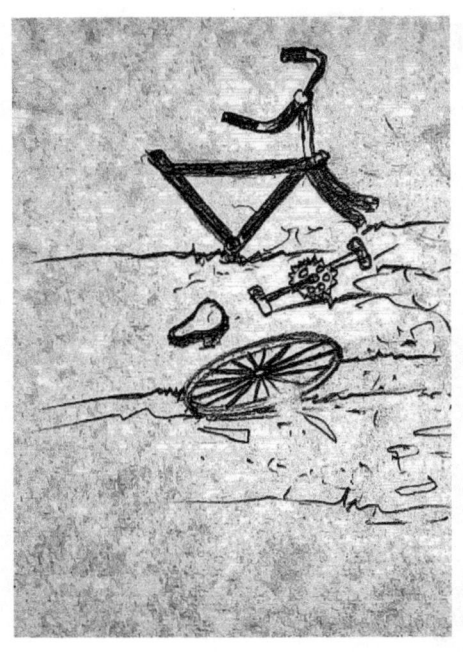

कल भी कोई छीन नहीं पाएगा अब्दुल से पंचर। अब जब इन्हें देख ही लिया तो इनके खौफ से कोई और तो कल डरा ना पाएगा। अब्दुल का 30/- रूपये का पंचर अब 80/- रूपये का हो गया है इनके राज में। अब्दुल तो पेट पाल ही लेगा। अब्दुल तो नौकरियों में है भी नहीं, फिक्र नौकरियां खत्म होने की नौकरी वाले करें जिन्हें नौकरी के अलावा कुछ आता नहीं। उनके हाथ में तो कटोरा ही आ जाएगा। अब्दुल के हाथ से तो पाना छूटने से रहा!"

मजाक में भले हुई हो पर बात गम्भीर थी। 'इबादत से पहले इल्म,' की हिदायत ने मानो एक पूरी कौम को आत्मनिर्भर बना दिया। स्कूल जाने से भी पहले बच्चा दस्तकार बन रहा है घर ही में। गांधी जी ने भी अक्षर ज्ञान से पहले हाथ काम की वकालत की थी शिक्षा नीति में। जिस कौशल विकास पर मंत्रालय बना हजारों करोड़ फूंक रहे हैं उसका तो यहां सदियों से परम्परागत रूप से पालन हो ही रहा है किसी गृह उद्योग की तरह। हम बस पहचान नहीं रहे या मान नही रहे, शुक्रगुजार होना दूर की बात है।

जनसंख्या नियंत्रण जरूरी है। अब्दुल का पंचर आवश्यक सेवा है, उत्पादकता से जुड़ा है और अर्थव्यवस्था को समृद्ध कर

रहा है। दुनिया के इस सबसे युवा देश में युवा नहीं, युवाओं के हाथ में कटोरा या बेरोजगार हाथ बोझ है देश पर।

इन हाथों को ये पूछने का हक है कि इन हाथों को काम क्यों नहीं है?

मंत्रों में शक्ति होती है।

'इबादत से पहले इल्म।'

42. खडंजा

वो गांव पहुंचने का मुख्य रास्ता था। एकदम कीचड़, कहने को सड़क। बचपन से देख रहे थे तांगा, बुग्गी, कार सब वहीं फंसते और साईकिल, स्कूटर, पैदल सब वहीं फिसलते थे बारिश—मॉनसून में। मुख्य मार्ग होने के कारण निकलती तो उसी रास्ते बस भी थी शहर तक की, पर थी सड़क खस्ताहाल, बरसों से। विधानसभा व लोकसभा का कोने का गांव था और सांसद, विधायक भी गैर बिरादरी। इसलिए पूछ नहीं थी दशकों से। बताते हैं जब बिरादरी के गांव एक जगह थे कई दशक पहले तो बहुत जलवा दिखाए, इसीलिए तीन विधानसभा और दो लोकसभा क्षेत्रों में बांट कर सजा दी गयी। लोग भी ढीले थे। अपने में या अपने कीचड़ में मस्त।

मुख्य मार्ग खस्ताहल था और इस आखिरी गांव में एक खडंजे की दरकार थी। इत्तेफाक से एक मियां जी विधान सभा जीत गए और उन्होंने और वोट कमाने या भाईचारा बनाने की जरूरत महसूस की। गांव के बहादुरों ने ना मियां जी को वोट दी थी ना आगे आसार थे। रब जाने क्यूं या खिद्मते खल्क में मियां जी ने मुख्य सड़क दुरूस्त करवाने का बीड़ा उठा लिया। अब मुख्य सड़क पर बुग्गी से बजरी भी गिरती तो मियां जी को फलती अतः 'खडंजा निर्माण' ही एक मात्र सहारा बचा पाया गया, वरना 'गजवा ए हिन्द' कामयाब। गांव के छुट्भैय्ये नेताओं का तो इस्लाम मतलब 'हिन्दु खतरे में' घोषणा से ही आ गया था। मियां जी कैसे पीढ़ियों की कीचड़ से निजात दिला सकते हैं। कीचड़ जैसी भी है हमारी अपनी है और मानो बड़े बुजुर्गों की निशानी है। मियां जी ने घोषणा के मुताबिक अगर काली सड़क बना दी

तो धन्यवाद देना दूर उस पर चलना हराम। बीच के गांव के मियाओं के ताने कौन सहेगा। बात खडंजे पर आ टिकी थी।

खडंजा वो भी कम से कम तीन किलोमीटर का। बजट कहां से आए। ब्लाक और जिला पंचायत का ब्यौंत नहीं। रह गए मियां जी और गैर बिरादरी सांसद। सांसद को इन गांव की वोट की जरूरत महसूस कभी हुई नहीं। उसके द्वार जाना नाक कटने जैसा और मियां जी का ठीया इस्लाम कबूलने बराबर। मियां जी अगर और नेताओं जैसे वायदा फरामोश निकलते तो भी निभ जाती। उसने तो संकट और गहरा दिया। कम्बख्त ने घोषणा के साल भर में ही रोड़ी सड़क किनारे डलवा देई। सड़क पर रोड़ी क्या कुटी छाती पर मूंग दली गई। क्या बिगड़ जाता इससे तो एक योजना और कीचड़ में लोट लेते। बगल गांव के मियां रोड़ी कुटाई की वीडियो सोशल मीडिया पर वायरल कर दे रहे। आखिर आजादी के बाद पहली बार कोई मियां उस क्षेत्र में विधायक बना था। नया–नया मुल्ला पांच वक्त की नमाज। इधर दर्द आज का नहीं, हजार साल पहले मुगलों–तुर्कों से हार का था। हालांकि इतिहास छोड़ो फर्क तुर्कों–मुगलों का भी गांव वालों को नहीं पता था।

दर्द के इलाज को पंचायत हुई। खडंजे के लिए धरना देने या आमरण अनशन के प्रस्ताव आए। अनशन धरना हुआ भी। कोई पूछा नहीं, मूंछ और फंस गयी। नमाज छुड़ाने गये थे रोजे गले पड़ गये! वह भी बैठे–बिठाये। इधर रोड़ी और कुट गयी। यह तो हजार साल पुरानी हार दोहरायी जा रही थी। गांव के लिकाडू लाल बुझक्कड़, फिर पंचायत किये। गांव के एक अधिकारी याद आये। खासा रसूख था सरकारों में सम्पर्क भी। अखाड़ेबाज नहीं थे, सामाजिक जरूर थे। थोड़े उसूलबंद भी। गांव के कुछ लोगों का सम्पर्क था, उन्हें ही जिम्मेदारी सौंपी गयी। मुलाकात में कहानी अधूरी बतायी गयी, दुखड़ा पूरा रोया गया। अधिकारी महोदय के एक मित्र के मार्फत प्रधानमंत्री सड़क योजना में गोटी फिट हुई, खडन्जा नहीं काली सड़क, वो भी

5–6 किलोमीटर, गांव का पूरा बाईपास। अब मूंछ पर ताव का मौका मिला। प्रभारी अधिकारी से परिचय का लाभ मिला फाईल तेज चली, लखनऊ–दिल्ली में नहीं रूकी। विभाग से बात उठी कि निर्वाचित प्रतिनिधि प्रस्ताव का अनुमोदन कर दें तो फाईल मजबूत हो जाए। गांव वालों की मूंछ फिर अड़ी। गांव के जुगाड़ु फिर लगे। समझ बनी कि गांव के अधिकारी गांव के हैं पर रहते तो नहीं अतः गांव के फैसले से वो जुड़े नहीं हैं। फिर नौकरी वालों की क्या धर्म–जाति? उनकी तो नौकरी ही धर्म जाति है और नेताओं की क्या इज्जत, धर्म, ईमान। उनका धर्म ईमान ही कुर्सी है! तो अधिकारी महोदय ही सांसद–विधायक से अनापत्ति करा लें। गांव की मूंछ नीची नहीं होगी, काम भी निकल जायेगा। आखिर अपना ही काम आता है! आया भी।

सर्वे टीम आयी। मामला गांव के स्तर पर आ चुका था और खलीफा सक्रिय हो गये। गांव के अखाड़े में तो ये प्रधानमंत्री को भी मात दे दें, साधारण अधिकारी क्या चीज हैं! फिर उससे ज्यादा तो गांव वालों को गांव का पता था। उनके किए का धन्यवाद पर काम काम की तरह, अधिकारी को समझाया गया। प्रोपर्टी डीलर मिजाज के लोग सक्रिय हो गए और गांव की राजनीति भी। अधिकारी अवाक!

गांव के रसूखदार सड़क खडन्जा उत्तरी पूर्व से चाहते थे और प्रोपर्टी डीलर दक्षिण–पश्चिम। पानी का बहाव उत्तर से दक्षिण था। ठेकेदारों का भी एक पक्ष था। उन्होंने मन्दिर समिति पर हाथ रखा हुआ था। कुछ लोगों का सिर्फ श्रेय में हिस्सेदारी और फोटो का झगड़ा था। गांव में झगड़े के आसार थे और खींचतान चरम पर। ब्लॉक प्रमुखी का चुनाव भी सामने था। बात इतिहास, मुगल तुर्क, मन्दिर, मस्जिद से आगे निकल गयी थी। प्रधान, पूर्व प्रधान और जिला पंचायत सदस्य में ठनी हुई थी। प्रमुखी के उम्मीदवार थोड़ा पीछे–पीछे थे। उनकी गर्दन फंसी थी और सबकी 'हां' में 'हां' मिलानी थी। मामला नोट का भी था, वोट का भी। नोट का ज्यादा। खीर खिंडती देख प्रोपर्टी डीलर

भूप सिंह और ठेकेदार जान मोहम्मद एक हो गये। सरकारी विभागों के लिए नेतागिरी सिर दर्द है धन्धा प्रथम। मन्दिर समिति ने प्रधान जी को जाने कैसे मना कर संकट मोचक की भूमिका अदा की।

पुराने पेड़ कटे। भराव शुरू हुआ दक्षिण से। जौहड़ का कुछ हिस्सा गायब हो गया गोचर भूमि का भी और कई पेड़ भी। आजकल तीनों ही गांव के दलित हैं। तीनों की सुनवाई नहीं। सुनवाई पटवारी जी की खूब है, सांसद और छोटे मंत्री के दरबार में। प्रोपर्टी वालों में भी खूब पूछ है। बड़े बुजुर्गों ने कमजोर असहमति जतायी सो सुनी नहीं गयी। कई फिट मिट्टी डल गयी। सड़क बन रही, अब तो सब खुश हो जाते। गांव छोड़ो, एक राय तो आजकल परिवार में नहीं है। पर इतने विवाद के बाद एक तरफ से काले सांप की तरह गांव को एक तरफ से लपेटती सड़क की संतुष्टि सब को है। सन्तुष्टि ही नहीं, कई को मुनाफा भी हुआ। भूप प्लॉट काट रहा है, जान मोहम्मद नोट और प्रमुखी लड़ी लड़ाई गयी। आजकल गांव में सड़क विकास है। पानी मुफ्त है अतः विकास नहीं माना जाता। पर पानी जरूरी है और अपनी कीमत वसूलता ही है। जानकारों ने जल निकासी हेतु काम रोक पाइप डालने को कहा तो अनसुना कर दिया ठेकेदार ने।

कई फुट ऊंची सडक ने बारिश में पानी का रास्ता रोक लिया। अनियोजित विकास प्रकृति के आड़े आ गया। पानी खेतों में घुसा, बचे–खुचे जौहड़ों में और फिर घरों में। जौहड़ गांव में 17 थे छोटे–बड़े। अब सिर्फ 8 बचे हैं। शुरूआत दक्षिण से हुई। गांव में बिमारी बढ़ी। प्लॉटों के दाम गिरे। बने घरो में भराव करवाना पड़ा, ऊंचा करना पड़ा। फसल खराब हुई। पानी की निकासी के झगड़े अलग। गांव वालों का मोटा पैसा जरूरी काम छोड़ इस जल भराव की अनदेखी विपदा निवारण में लगा। जिसकी भराव कर घर ऊंचा करने की हैसियत नहीं थी वो बारिश में डूबने को अभिशप्त थे। बगल का गांव जल निकासी

की खातिर सड़क में पाईप डालने देने को तैयार नहीं था। फिर और पैसा कहां से आये? आखिर सब कुछ तो गांव वालों के मनमाफिक ही हुआ था। इस सब में समय भी लगता है। उधर गांव के अधिकारी ताजा-ताजा हैरान हुए थे। सांसद-विधायक से मूंछ पुरानी अड़ी थी पर अंगूठा नया-नया दिखाया गया था।

अज्ञानता व लालच के अनियोजित विकास, नेतागिरी में चटकी और मूंछ की लड़ाई का ही परिणाम था कि पहले दशकों से जो कीचड़ सड़क पर थी, अब घर आ गयी थी। पर खडंजे से काली सड़क के संघर्ष में मिली ऐतिहासिक जीत से फूल कर कुप्पा हुए गांव वाले आज भी मूंछों पर ताव देते हैं पंचायतों में।

43. क्रीवास

ग्लेशियर ऊंचे पहाडों पर जमी हुई नदियां है बर्फ की। वहां बर्फ चट्टान जैसी भी है और रूई जैसी भी। इस बर्फ के नीचे पहाड़ है, दरारें भी। गहरी बहुत ही गहरी अन्तहीन दरारें, मुंह खोले। ये चुपचाप घात लगाए निगलने को तैयार दरारें या क्रीवास किसी बर्फानी तूफान या हिमस्खलन से भी ज्यादा खतरनाक शिकारी हैं। ये झांसा देती है शिकार को ऊपर से बर्फ की चादर ओढ़ कर। वो फंसा और घप्प।

सियाचीन भारतीय फौज का काशी प्रयाग है। मुझे भी मथ्था टेकने का अवसर मिला कारगिल युद्ध की समाप्ति के तुरन्त बाद। जब मैं सियाचीन जा रहा था, देश में कारगिल युद्ध के कारण देशभक्ति की बयार बह रही थी। फौजी की अर्थी पर हजारों लोग यूं ही इकट्ठा हो जा रहे थे। बड़े–बड़े नेता खड़े मिलते थे। सियाचीन ग्लेशियर में जितनी जान की हानि दुश्मन से युद्ध में नहीं होती, उससे कहीं ज्यादा दुर्गम जलवायु के कारण होती है।

देवादि देव महादेव की तपो भूमि के अतिक्रमण और प्रदूषण की सजा भी कठोर ही होगी।

फौजी फर्ज से बंधा है और मौत समय से तय जगह पर बुला ही लेती है सबको। उसे भी बुला ही लिया, 14 साल बाद फिर। अमूमन फौजी का एक ही बार मौका आता है, सर्विस में ग्लेशियर कार्यकाल का। वो एडवांस्ड माऊंटेनियरिंग क्वालीफाईड था और 14 साल पहले सियाचीन कार्यकाल के दौरान ऐवलान्च हादसे के शिकार ग्रुप में से इकलौता बचा था। यह दूसरा कार्यकाल था। अब सूबेदार थे फौज में। सियाचीन के दुर्गम इलाके के लिए वो ही सबसे अधिक प्रशिक्षित, अनुभवी और दक्ष थे वहां।

अपनी वरिष्ठता, अनुभव और दक्षता के कारण ही वो सबसे दुर्गम पोस्ट के कमाण्डर बने। दिन की रोशनी में तो उस पोस्ट पर आवागमन संभव ही नहीं था। स्नो स्कूटर भी पोस्ट से पहले एक पवाईंट तक ही जाता था। आप खां साहब की राईफल की गोली की जद में थे वहां। वो सियाचीन है, खाला का घर नहीं। जवान महाराष्ट्र और उत्तरी कनार्टक के थे। कम्पनी कमाण्डर चौथी पीढी के जंगजू फौजी। उनका कमाण्ड कन्ट्रोल अच्छा था और हमारी पोस्ट पर बमबारी भी। पोस्ट पर सौ दिन में चार बार अपना राम नाम सत्य होने की नौबत आई। बमबारी में कुछ दिन पहले ही हमारे चार जवान घायल और दो शहीद हुए थे। मैंने ही कागज तैयार कर दस्तखत किए। सूबेदार साहब ने कहा, ''डॉ. साहब यहां आप सबसे काम के व्यक्ति हैं पर कागजों पर आपके दस्तख्त की जरूरत ईश्वर न करे किसी को पड़े!''

उस दिन भी खासी बमबारी हुई और टेलीफोन की तारें कट गयी। हल्की बर्फ भी गिरी थी। बमबारी से नई पुरानी क्रीवास या दरारें खुल जाती हैं और बर्फबारी उन पर चादर सी डाल उन्हें और खतरनाक बना देती है। बमबारी ऐवलान्च भी लाती है। फौजी कहावत है, 'आप चीन से लड़ो, पाकिस्तान से लड़ो, मौसम से मत लड़ो।' मौसम से यारी और सावधानी ही सियाचीन में जिन्दा रहने की चाबी है। बाकी भाग्य है। उस दिन सूबेदार साहब का भाग्य ने ही साथ छोड़ा कि वो सावधानी में चूके।

सूबेदार साहब टेलीफोन लाईन रिपेयर पार्टी के साथ थे। लाईन पार्टी में सब सिखलाए तरीके से एक रस्सी से बंध कर चलते हैं। कोई गिरे तो बाकी सँभाल ले। लाईन पार्टी रस्सी कैराबिनर बांध कर ही चल रही थी उस दिन भी। सूबेदार साहब ने कुछ जांचने या पेशाब करने के लिए रस्सी कैराबिनर से निकाल दी और रास्ते से दो–चार कदम ही चले होंगे कि कच्ची नई बर्फ से ढकी और शायद बमबारी के कारण खुली नई क्रीवास में समा गए। दरार 'ट' आकार की थी और खासी गहरी भी। वो एकदम 20–25 फिट नीचे गिरे और दो दीवारों में फंस कर अटक गए। नीचे घुप्प अन्धेरा। सब सकते में।

रेस्क्यू ऑपरेशन तुरंत शुरू हुआ। शाम थी। धुंधला हो चुका था। डॉक्टर की जरूरत हो सकती थी। मैं तुरन्त पोस्ट की ओर रवाना हुआ। आधा रास्ता स्नो स्कूटर से, आधा पैदल था। पहुँचा तो अन्धेरा हो चुका था। तापमान ऊपर ही –35 डिग्री सेंटीग्रेड था, क्रीवास में क्या रहा होगा सोच सकते हैं। खान साहब की गोली–गोला की जद् में थे सो आग रोशनी कर नहीं सकते थे। सोलर लैम्प बहुत काम आए। दो घंटे के लगातार प्रयासों में कोई खास कामयाबी नहीं मिली थी। कम्पनी कमाण्डर एक अलग पोस्ट पर थे। वहां से तुरन्त चले। सूबेदार साहब जिन्दा थे उनकी आवाज सुनाई दी थी धीमी ही सही। नीचे बर्फ की दीवार काली या गहरी हरी थी, चट्टान से भी सख्त। घुटन, अंधेरा, ठण्ड और ऑक्सीजन की कमी अलग। सूबेदार साहब बहादुर

आदमी थे। बताते हैं धीमी आवाज में उनकी हिम्मत न हारने और कोशिश करते रहने की बात सुनायी दी थी।

बोरवेल में गिरे बच्चे के बचाव के किस्से आजकल अक्सर टी. वी, अखबार में देखने को मिलते हैं। उसमें कितना समय, प्रयास और मशीनरी लगती है, सबने देखा है। अब आप रेस्क्यू आपरेशन सोचें —50 डिग्री सेंटीग्रेड में, अंधेरे और गोला—गोली की जद में, 17000 फिट पर कम ऑक्सीजन और बर्फ में। जहां आपके पास कोई भारी—भरकम मशीनरी भी ना हो। दिन में आप काम न कर सकते हों और आग रोशनी रात में आप जला न सकते हों। मैंने भी क्रीवास में जाकर समझने की कोशिश की कि शायद कोई तरकीब हाथ लग जाए। हाथ नहीं लगी। मैं बाहर आ गया। सूबेदार साहब अपने शरीर के वजन और गर्मी के कारण आध एक फिट नीचे खिसक चुके थे और ऊपर बर्फ जम रही थी। यह खतरनाक था। सौभाग्य से उनकी स्लिंग या जैकेट में हुक फंसाने में कामयाबी मिली। उनका नीचे खिसकना रुका।

तभी बिग्रेड कमाण्डर साहब का जानकारी के लिए फोन आया और मैं रस्सी कैराबिनर से निकाल फोन ऑपरेटर की ओर चला। पांच—छः कदम चला होऊंगा कि मैं भी क्रीवास में अन्दर। हालांकि मैं ऊपर ही अटक गया। कन्धे में थोड़ी चोट लगी पर फुटबाल का खिलाडी होना काम आया। मैं लटका हुआ था हाथ और टांग फंसा कर, 'क्रैम्पोन' के दांत बर्फ की दीवार में गडा दिये थे। दस्ताना उतर गया था। हाथ बर्फ पर था और सुन्न पड़ रहा था। ऊपर मचे हड़कम्प की आवाज सुनाई दे रही थी। मुझे लगा हड़बड़ाहट में कोई मुझ पर ही न गिर पड़े। मैं चिल्लाया, ''मैं ठीक हूं।'' शायद मोटी गाली देकर कहा था और धीरे—धीरे ही मेरी तरफ आने की हिदायत दी। डबल स्लिंग डबल हुक हो गयी तो स्थिति ताबे में आई। मिनट में मैं बाहर था और हाथ सुन्न। कन्धे में तेज दर्द था। मैंने शोल्डर स्ट्रैप साथी की मदद से खुद बांधा और हाथ रखा गुनगने पानी में।

थोड़ी ही देर में कम्पनी कमाण्डर भी पहुंच गए। वो अनुभवी और दक्ष थे, आगे बढ़कर काम करने वाले। कोशिशों में दम दुगना हो गया। पर रात और ठण्ड बढ़ती जा रही थी। कामयाबी दूर–दूर तक नहीं दिख पा रही थी। सूबेदार साहब की कोई भी आवाज सुने घण्टों बीत चुके थे। स्थितियां सर्वथा प्रतिकूल थी बस नैतिकता और संकट में साथी का दर्द हमें वहां रोके था। खुले में अन्य साथियों को भी ठंड या किसी दुर्घटना का खतरा था। गोली–बारी का भी। बचाव कारवाई को 6–7 घण्टे हो चुके थे। नीचे सूबेदार साहब का जिन्दा होना भी मुश्किल था। बिना निश्चित या कामयाब हुए वहां से हटने की गवाही दिल दे नहीं रहा था। ऊपर रोशनी और हमारी आवाजें ही उनका नीचे, ठंड अंधरे में सहारा हों तो? यह दुविधा अनिर्णय आध एक घंटा और चला। जवान भी असहज होने लगे थे। साथी को बचा न पाना और ऐसी दर्दनाक स्थिति में छोड़ना डरावना ख्याल है। ख्याल उस हालात में हटने से पहले बन्दूक के इस्तेमाल का भी आया। इन हालात में राईफल की गोली दया ही थी। ख्याल सबको आया पर चर्चा भी न कर पाया कोई इस पर। फौजी कानून, अनुशासन, संकोच जाने किस–किस वजह से। भारी मन से हमारे पांव वापस चले। हम अपनी कोशिशों की हार से दुखी थे और दुख से हारे। आंखें सबकी नम थी।

एक हफ्ते बाद अपना कार्यकाल समाप्त कर मैं पोस्ट से नीचे उतरा। सूबेदार साहब का शरीर क्रीवास से निकालने के प्रयास जारी थे। बेस में कारवाई खत्म कर कुछ दिन बाद मैं चण्डीगढ़ पहुंचा। कारगिल युद्ध खत्म हुए कई महीने हो चुके थे। देश में सब सामान्य हो चुका था। एक मराठी जे.सी.ओ. साहब आए मिलने मुझे ढूंढते। एक बॉडी को महाराष्ट्र ट्रेन से पहुंचाने के तालमेल में कुछ दिक्कत आ रही थी। सूबेदार साहब का ही शरीर था। मिट्टी के दर्शन लिखे थे। कुछ सामान्य से कागज थे। मैंने दस्तख्त कर दिये।

44. वालंटियर

वो आदिवासी कम्पनी से था। नाम महत्वपूर्ण नहीं है। कम्पनी में उसे सभी पसन्द करते थे और सबकी सहानुभूति उसके साथ थी। उस पर रोज चिल्लाने वाले कम्पनी कमाण्डर और कमांडिग अफसर की भी। उसका कई साल से मानसिक इलाज चल रहा था। सब उसे पागल बता रहे थे, मुझे तो पहली नजर में उसकी बड़ी–बड़ी शांत स्थिर आंखें किसी संत की सी लगी। ओशो जैसी, बस कुछ कहना ही नहीं चाहती थी। उसे फौज से, मेडिकल बोर्ड आऊट किया जा रहा था और कम्बख्त ने कागज गुमा दिये थे। इस मामले में उसकी मदद सब करना चाहते थे, सिवाय खुद उसके। वो तो बुद्ध हो गए थे।

उसे एक गार्ड के साथ श्रीनगर बेस अस्पताल भेजा गया मुझे, मसले को मेडिकल ब्रांच में सुलझाने को उसके साथ। बेस अस्पताल मैस में रूके और कोर मेडिकल इंसपैक्शन रूम में अटैच हुए। एम आई रूम ऑफीसर इंचार्ज को तो मानो छुट्टी मिल गयी। सीनियर मेजर साहब थे। अस्पताल वालों ने हफ्ते–दस

दिन में ही मुझसे दो-दो 24 घण्टे की ड्यूटी करवा ली। मुझे पहाड़ से उतरकर बुरा नहीं लग रहा था यह बदलाव, सो मैंने बुरा माना भी नहीं। काम भी अस्पताल और कोर मेडिकल ब्रांच से ही होना था।

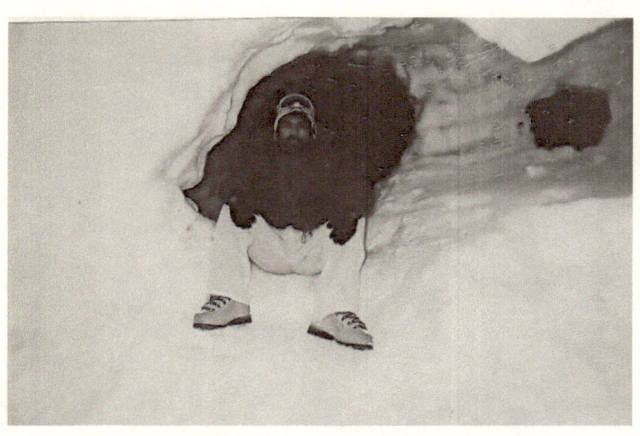

सुबह टी ब्रेक कोर मेडिकल ब्रांच वालों के साथ ही होता था। एक दिन चाय पर मेडिकल ब्रांच के कर्नल साहब ने एकाएक पूछा, "आप सियाचिन कब जाना चाहोगे!" सवाल जाना चाहेंगे नहीं, कब जाना चाहोगे था। मानो मुर्गे से पूछा जाये कि डिनर में पकोगे या लंच में। सेक्टर से ज्यादातर शेप वन डॉक्टर जाते थे और मुझे सियाचिन की उत्सुकता भी थी। मैंने कह दिया, "सर, जब आप भेजना चाहें।" शाम को मेस में कर्नल साहब ने सबके सामने ऐलान कर दिया, "देखिए इस जोशीले नौजवान को, इसने सियाचिन के लिए 'वालंटियर' किया है।" मैंने मन में सोचा, "कब"? मौजूद लोगों ने ताली बजायी मेरे जोश पर या शायद मूर्खता पर। मुमकिन है सबको सब पता था और यह भी एक रस्म ही थी।

दो-तीन दिन का काम दस दिन में खत्म कर हम वापस लौटे तो पता चला हमारे वालंटियर होने की खबर रास्ते की सब

मेडिकल यूनिटों में थी। शायद सारी कश्मीर घाटी की यूनिटों में। सबका हाव-भाव ऐसा था कि, ''काहे भय्या? क्या?''

पोस्ट पर कमांडिग ऑफिसर की प्रतिक्रिया ऐसी थी कि मानो नमाज छुड़ाकर रोजा पकड़ लिया हो।

45. बेड नम्बर

मेरी डॉक्टरी की पढ़ाई सिविल मेडिकल कॉलेज और अस्पताल में हुई। वार्ड राउन्ड में प्रोफेसर या सीनियर डॉक्टर की हिदायतों को जल्दी-जल्दी लिखना होता है, बेड नम्बर और मर्ज अनुसार। मरीज बदलते हैं, बेड नम्बर नहीं। सुविधाजनक भी था।

आर्मी में बाद में आए। मैं सर्जरी वार्ड इंचार्ज था और राउन्ड में हिदायतें लेनी होती थी। वार्ड हवलदार को मैंने बेड नम्बर डालने को कहा सुविधा के लिए। सबका नाम याद रखना संभव नहीं था। उसने नहीं डाला। मैंने याद दिलाया, उसने फिर भी नहीं डाला। फौज छोड़ो, ऐसा तो सिविल अस्पताल में भी नहीं होता। मैंने घेर लिया। उसने जवाब दिया, "सर कर्नल साहब ने आपको बताने को कहा है कि फौज एक परिवार है। यहां हर मरीज उसी परिवार का है। उसे नम्बर से नहीं, नाम से बुलाया जाय। नम्बर ही याद रखना है तो हर फौजी का पर्सनल नम्बर भी है।

सबक याद हुआ।

46. वकील नेता जी

वकील साहब बिना लाग-लपेट सीधी-सपाट परोस देते थे, वकील होने के बावजूद। या शायद इसीलिए क्रीमिनल के वकील थे। सेटिंग जुगाड़ के नहीं, वकालत वाले, पढ़ाई वाले वकील थे, सो काम रूका नहीं। दबंग भी थे तो दबदबा भी था। जिले के देहात में बिरादरी के वोट भी ठीक-ठाक थे सो नेता नगरी में भी पूछ हो गयी। नेता नगरी में तब ठेकेदारों और धन पशुओं का इस कदर बोलबाला नहीं हुआ था। वकीलों-शिक्षकों की पूछ भी थी। दिल्ली के एक बड़े नेता के यहां आना-जाना शुरू हो गया। दिल्ली पास भी थी।

वो जमाना था जब गाड़ियों के नाम पर ऐम्बेसेडर होती थी वो भी गिनी-चुनी शहर में। टैक्सी में भी वही इस्तेमाल होती, हर पार्टी के नेता द्वारा मिल-बांट कर भी आपसदारी से, समझदारी से। कई बार तो अलग-अलग पार्टी के प्रत्याशी भी एक ही गाड़ी में साथ-साथ शहर से दिल्ली निकलते टिकट मांगने। कलफदार कुर्ता गाड़ी में ही जंचता है और नेताओं को जनता के दिल मुताबिक आवरण रखना पडता है। गाड़ी से रूतबा भी रहता और सुविधा भी। मिल बांट कर काम-खर्चा भी निकल जाता। नेताओं में आपसी समझदारी और समर्थकों में गर्मी हमेशा रही है। रहनी भी चाहिए। दोनों की समझ और जरूरत अलग-अलग हैं। वैसे तब नेता भी पार्टी के पुश्त दर पुश्त खानदानी थे। शहर के उस दौर में लोगों के खानदानों की पहचान पार्टियों से और पार्टियों की पहचान लोगों के खानदानों से थी बिना परिवारवाद के आरोप के। अब तो सुबह से शाम तक कई पार्टी बदल जाएं। बाप एक पार्टी में, बेटा दूसरी में और बीवी तीसरी-चौथी में। अब राज में

रहना, हर हाल के रहना, जरूरी है। पहचान राज से है, इंसान से नहीं।

खैर बात जमाने की छोड़ वकील साहब की करते हैं। वकील साहब की तब उम्र 35–40 की रही होगी और वो कई चुनाव लड़ा चुके थे। यार–दोस्त, गांव वाले, साथी वकील, क्लाईन्ट आदि उनका शौक लपक देखकर उन्हें भी मैदान में हाथ अजमाने का मशविरा देने लगे थे। हिन्दुस्तान में और खास कर देहात में लोग नवाबी शौक रखते हैं मुर्गे लड़वाने की तरह चुनाव लड़वाने का। दिल्ली आना–जाना बढ़ा तो वकील साहब ने एक पुरानी एम्बेसेडर उसके ड्राईवर से बात कर खरीद ली। गाड़ी की मरम्मत और ड्राईविंग भी दुरूस्त की। हालांकि ड्राईवर को भी नेता नगरी की चरस लग चुकी थी और बाखुशी वो वकील साहब की जरूरत में हाजिर रहता था। बीच–बीच में गाड़ी से अपनी आदत और जरूरत भी इधर–उधर पूरी कर लेता। जुगाड़ से लोग जिन्दगी, शौक और दुनिया चलाते हैं, गाड़ी भी चली। इसी बदौलत वो अब ड्राईवर से वकील साहब का पार्टनर बन गया था और आधा वकील भी, नेता भी। वकील साहब को कुछ बचा या नहीं पर इंजिन की खासी जानकारी और शहर के आधे मिस्त्रियों से दोस्ती जरूर हो गयी।

पहले गाड़ी की जरूरत सिर्फ दिल्ली जाने की थी या कभी साल में शादी–ब्याह में। अब देहात में 'नेताजी' वकील साहब बिना गाड़ी जंचते ही नहीं थे लोगों को। मित्रों–साथियों को भी नहीं। बदन पर कुर्ता–पायजामा जाने कब कैसे आया, पता नहीं। कुछ ने तो शुरू के शुरू से ही 'नेताजी' कहना शुरू कर दिया था। न्यौते–पत्री खूब आने लगे। वकील साहब कचहरी कम शादी–ब्याह, कन्यादान, तेहरवी, अस्पताल, थाने, जलसे ज्यादा जाने लगे। कचहरी में भी केस कम चाय, यारबाजी और किस्से ज्यादा थे। तेल का खर्च बढ़ा, मिस्त्रियों से दोस्ती भी बस आमदनी और वकालत कम हुई। पंचायती बढ़ी शाम की और

शौक भी। वकील साहब निपट नहीं सिमट तो रहे थे, नेताजी उभर रहे थे।

अब दिल्ली कोठी पर चलते हैं। दिल्ली के बड़े नेताजी थे एकदम शांत और सुलझे हुए। यूं ही कोई बड़ा नहीं होता। उनकी कोठी पर थे चार स्टाफ जिनसे काम पड़ता था। ऑफिस पर एक पी0ए0, एक स्टेनो, एक चपरासी और एक कभी–कभार कोठी से कॉफी–बिस्किट लेकर ऑफिस आता नजर आता था। सामान्य चाय–पानी चपरासी देख लेता था। बड़े नेता जी थे जनता के आदमी, सरकार थी नहीं, दरवाजा और दरबार हमेशा खुला। वकील साहब पढ़े–लिखे होने के नाते विशिष्ट थे, अतः उन्हें अन्दर ड्राईंग रूम में भी एक आध बार कॉफी–बिस्किट का लाभ मिला। यह सब के लिए नहीं कुछ के लिए था, बार–बार तो वकील साहब के लिए भी नहीं। यह तय कैसे, किसने किया पता नहीं पर ठीकरा पी0ए0 साहब के सर ही फूटता था। आरोप था सेवा करने वालों की पी0ए0 व स्टेनो अतिरिक्त सेवा करते हैं। पी0ए0 व स्टेनो टिच बटनों की जोड़ी थे। वकील साहब को नागवार गुजरा, बहुतों को गुजरता होगा। उड़ती–उड़ती खबरें और तैरते किस्से कानों तक पहुंच ही जाते हैं। संगठन के एक सीनियर और शहर के छुट्भय्ये ने पैसे के घालमेल का गुपचुप रहस्योद्घाटन वकील साहब को किया तो शक का बीज पड़ा।

वकील साहब की एक–दो जनहित अर्जियों पर कारवाई न हुई तो बात कॉफी से काफी आगे निकल गयी। बीज पेड़ बना। पी0ए0 साहब ने संगत सुधारने का इशारा किया तो धमकी लगी। शहर और पार्टी के दो–तीन लोगों के साथ बड़े नेता जी की हाजिरी की कोशिश की। दो–चार प्रयास में सफलता मिली। संगठन के सीनियर और अपना शहरी छुटभय्या साथ था। कोई बोला नहीं तो वकील साहब ही बोले। उन्हें शान्ति से ध्यानपूर्वक सुना भी गया, फिर पूछा, ''वकालत का काम–काज कैसा चल रहा है?'' जवाब था, ''बढ़िया''। नेता जी ने और जानकारी ली, ''महीने में दिल्ली कितनी बार आना होता है और कितना समय

लग जाता है?" वकील साहब ने बताया, "एक–दो महीने में एक चक्कर तो लग ही जाता है और गाड़ी से एक तरफ का ढाई से तीन घंटा लगता है। शाम रात तक घर वापसी।" तब बड़े नेता जी ने फरमाया, "पी0ए0, स्टेनो सब घर–परिवार वाले हैं। पी0ए0 सर्दी, गर्मी हो या बरसात, त्यौहार बिना नागा लोनी से दिल्ली कोठी बस से सुबह 9 बजे पहुंच जाते हैं और शाम 8 बजे वापसी होती है। 15 साल से रोज बस से एकतरफा एक–डेढ़ घण्टा लगता है। परिवार गुरूद्वारे में अटैच नहीं किये हैं। वकील साहब आप तो पढ़े–लिखे खुद समझदार आदमी हैं।" फिर वो फाईलों में व्यस्त हो गए।

कुछ महीने में चुनाव था। उम्मीदवारों की सूची जारी हुई वकील साहब का नाम नदारद था। छुट्भयये को मिला था टिकट और संगठन के सीनियर थे प्रचार समिति में प्रमुख पद पर। गुस्से में टूटी–फूटी पार्टी से वकील साहब चुनाव लड़े जरूर। मेहनत किये थे, यारबाज आदमी थे, वोट भी पाए पर हारे तबियत से। हारे छुट्भय्ये भी पर पार्टी जीती, सरकार बनी। सो जिले में हनक है। अपनी हार का दोष वकील साहब को देते हैं। ओवर ऑल खुश हैं। संगठन सीनियर लखनऊ में आयोग के चेयरमैन बने। आज बड़े नेता जी बड़े मंत्री बन दिल्ली में हैं। उनके पी0ए0, स्टेनो बड़े–बड़ों को आदेश–निर्देश देते हैं। आजकल खुद का दरबार लगाते हैं और दरबार का दस्तूर समझाते हैं, 'न खाली हाथ आओ, न खाली हाथ जाओ।' दरवाजे आज भी खुले रहते हैं।

वकील साहब की गाड़ी अब ज्यादातर खड़ी रहती है। वो कचहरी जाते हैं पर शाम की पंचायती की हाजिरी बढ़ गयी है। कचहरी में ही नहीं पैरोकारी में हर जगह वकील चाहिए, राजनीति में भी। कोई वकील होकर भी नहीं जानता–मानता। कोई अंगूठा छाप होकर भी जान मान लेता है। भक्त बस पूज सकता है, पुजवाता भगवान को भी पुजारा ही है, भक्त नहीं। हुनरमंद पुजारा जिस पत्थर पर लिख दे, वो शिलालेख और जिस पत्थर पर रोली

चंदन सजा दे, वो भगवान। बाकी सब भीड़। बेवजह नहीं कि भक्तों से भगवान के लिए चढ़ावा पुजारा ही तो स्वीकार करता है। महादेव के दरबार में नन्दी और नाग भी पुजते हैं। मां दुर्गा, मां सरस्वती, मां लक्ष्मी सब पूजनीय, शक्ति स्वरूपा हैं। बस वो एक–दूसरे का प्रभामण्डल धूमिल नहीं करतीं और गिरने वाला समय से गड्ढा देख नहीं पाता।

कॉफी–बिस्किट की विशिष्ट सेवा अकेले वकील साहब को ही नहीं अखरी थी। जुम्मा–जुम्मा चार दिन से पार्टी में आए वकील साहब की एक आध बार सीधे ड्राईंग रूम में कॉफी–बिस्किट सेवा वर्षों से जूतीयां घिस रहे छुट्भय्ये और पार्टी के सीनियर संगठक को भी अखरी थी। भावनाएं और भविष्य तो सबके हैं!

47. हल्दी

सुक्कु पीकर टल्ल होता तो कहीं भी ढेर हो जाता। किसी नाले, नाली, गड्ढे में भी। देर रात ढूंढ मचती, हल्ला होता। पीकर घर पहुंच जाता तो महाभारत होती। खूब मार–पीट और चीख–पुकार मचती। वो अपनी लुगाई की देह तोड़ता और उसकी लुगाई चीख–चीख कर मोहल्ला सर पर उठा लेती। खूब मुंह जोरी करती और पिटती। जितनी पिटती नहीं, उससे ज्यादा हल्ला करती। सुक्कु के घर यह राड पीकर ही होती थी और पीता सुक्कु अक्सर है। वैसे सुक्कु मेहतर शान्त रहता है और रात मारपीट के बाद सुबह होश आने पर लुगाई के पड़े नील पर हल्दी भी लगाता है।

सुक्कु है मेहनती, झगड़ालू बिल्कुल नहीं। गांव में किसी से कोई खास अनबन नहीं है। पीना तो परम्परा है सुक्कु के यहां।

देवताओं तक को त्यौहार पर दारू ही चढ़ाई जाती है। खुद उसकी लुगाई दारू मांग कर या खरीद कर लाती है त्यौहार पर।

त्यौहार ही था जब हल्ला मचा। "अरे मार दिया, कोई तो बचाओ रे।" सुक्कु की लुगाई की आवाज थी। चीख–पुकार लम्बी चली तो एक शहर के बाबूजी, जो त्यौहार में घर–गांव आए हुए थे, बचाने चले। गांव वालों ने मना किया पर वो पहुंच गए। सुक्कू को खींच के एक कान पर रसीद कर दिया। पल भर में और पल भर को ही सन्नाटा हुआ। सुक्कु की लुगाई कूद कर बीच में आ गयी और शहरी बाबू को धक्का देकर बोली, "तू कौन है मर्द–लुगाई के बीच पड़ने वाला?" उन्होंने कहा, "तुम्ही मद्द को चिल्ला रही थी और ये तुम्हें मार रहा था।" वो बोली, "चोट लगेगी तो बाबूजी तुम भी चिल्लाओगे। ये मार रहा था तो मेरा मरद भी तो है और सुबह हल्दी भी तो यो ही लगावेगा। तम आओगे हर बार शहर से हल्दी लगाने?"

शहरी बाबू को मर्द–लुगाई के बीच खां म खां होने का सा अहसास हुआ। श्यामे नाई खां म खां नहीं कहता, "ठाठ तो बनिये की लुगाई और मेहतरानी के मर्द के ही होवें।"

48. पैरोकारी

खांटी नेता थे। बड़े मंत्री–सन्तरियों में उनकी पूछ थी या कहें सब उनका इस्तेमाल किये थे। खांटी महाराज महत्वकांक्षी बिल्कुल नहीं थे। प्रणाम बहुत मिलता था इन्हें अपने इलाके में। इनको वो काफी था। कुछ रूपया–धेला भी नहीं कमाए नेता नगरी से। बात बेलाग कहते। कभी–कभी दुर्वासा मुनि भी हो जाते महाराज।

वो स्टेशन पर मिले खांटी महाराज को राजधानी में। पुराने मित्र थे और बेटे के भविष्य को लेकर परेशान। बाकी रोना मित्र के बेटे की अम्मा ने रो दिया स्टेशन पर ही। वो भी सपरिवार राजधानी सिफारिश में नहीं, अपने किसी उम्रदराज रिश्तेदार के अंतिम दर्शन को आए थे। किसी अस्पताल में जमा थे। उम्र ज्यादा थी, उम्मीद बहुत कम। खांटी महाराज का दिल हमेशा बड़ा रहा, बाप–बेटे को लेकर राजधानी में पहुंच गए एक बड़े केन्द्रीय मंत्री के यहां। बड़े मंत्री थे पूर्व नौकरशाह। नौकरशाही में कॉन्टैक्ट बन ही जाते हैं। टिकट को कॉनटैक्ट जरूरी। जिसके पास कुछ होता है, वो दे भी पाता है और पा भी जाता है। ये पा गए और बिना जनता में रहे बन गए मंत्री। खांटी महाराज उसी निर्वाचन क्षेत्र से थे और खासा इस्तेमाल हुए। पहले क्लास वन नौकरी की सुरक्षा अब मंत्री पद। अच्छी गुजर रही थी। मंत्री जी ईमानदारी की बड़ी–बड़ी बात अफोर्ड कर सकते थे और इमानदारी का शोर मंत्री जी का खास शगल था।

उन्होंने मित्र के बेटे के काम–काज की अर्जी मंत्री जी के सामने रख दी और उसकी खराब स्थिति से भी अवगत कराया। मंत्री जी बीच में ही चमक कर फटे, "हम ऐसे कामों में नहीं पड़ते

हैं!" ये चौंके फिर सँभले और पूछा, "मंत्री जी आप कैसे कामों में नहीं पड़ते हैं, जरा समझाएं।" मंत्री जी को अहसास तो तुरन्त हुआ कि गलत स्विच दब गया है और खांटी महाराज से परिचय भी था पर छवि, रूतबे और ओहदे के आवरण में उलझ कर बात घुमाए, "हम नियम-कानून से चलते है, सिफारिश से नहीं।"

खांटी महाराज फार्म में आ चुके थे, बोले, "क्या आप राजनीतिक पैरोकारी को भ्रष्टाचार मानते हैं? मानते हैं तो साफ-साफ बोलिए क्योंकि इस अपराध के तो हम भी दोषी हैं। हम ही आपके पैरोकार बनकर जनता को जनवाये कि आप योग्य हैं, वरना आपको कौन जानता था। हमारी और हमारे जैसों की पैरोकारी सिफारिश से ही आपको जनता का वोट मिला। आप मंत्री बने। उसी जनता की हम आज सिफारिश कर रहे हैं। यह दूसरा अपराध तो आज हुआ हमसे पर पहला पाप तो तब हुआ जब आप जैसे निकम्मे की पैरोकारी हम जनता में किए। जनता को गुमराह करने का गुनाह हमसे जरूर हुआ है। पश्चाताप करेंगे अब हम!"

मन्त्री जी ने लाख मनाने की कोशिश की पर वो निकल लिए जनता के बीच, जनता के साथ।

ऐसे खांटी लोग ही प्रजातंत्र जिन्दा रखते हैं।

49. मुकदमा

कस्बे में बामणों का पुराना नामी खानदान था। पंडित जी नेतागिरी में नहीं थे पर नेताओं का आना-जाना खूब था। नाम और रसूख था कस्बे के आस-पास भी। कई स्कूल और संस्थाओं के ट्रस्टी थे। कई भाई थे ऊंचे पदों पर, सब पढ़े-लिखे, खाते-पीते। दुनिया छोटी हुई और परिवार बढ़ा तो इधर-उधर बस गए देश में। देश के बाहर भी। पंडित जी के जाने के बाद कोई बांधने वाला नहीं था परिवार को। दूर-दूर बस जाने से संबंध और समझ भी कमजोर पड़ जाते हैं। पीढी भी बदल चुकी थी, समय हालात भी। सो मुकदमेंबाजी शुरू हुई।

पंडित जी की धर्मपत्नी जिन्दा थी और सब इज्जत भी करते थे माता जी की। विवाद चाचा-भतीजों में हुआ और माता जी गुट निरपेक्ष या निष्पक्ष थी। सम्पत्ति बहुत थी, काफी सांझा भी थी। विवाद दिल्ली की दुकानों पर हुआ और मुकदमेंबाजी भी। चाचाजी अमरीका अपने बच्चों के पास शिफ्ट हो गए थे बस मुकदमों और शादी-ब्याह में आना होता था। पंडित जी के बड़े बेटे पढ़ने-लिखने में व्यस्त रहते थे और सारी भागदौड़ छोटे बेटे को ही करनी पड़ती। छोटे बेटे ने एक आध दुकान बेच बाकी दुकान में कुछ धन्धा डालने का निर्णय अकेले और बिना पूछे कर लिया तो चाचा जी को नागवार गुजरा। हालांकि चाचाजी के बच्चों की कोई रूचि भी नहीं थी और हिस्सा कोई दबा नहीं रहा था।

पंडित जी के छोटे बेटे की दलील थी कि जब करना सब उसे ही है और कोई सहयोग दशक से है नहीं तो उसे ही निर्णय करने दिया जाए। हिस्सेदारी अपनी जगह पर बड़े होने के बावजूद निर्णय से उन्हें जीते जी अलग करने से चाचा नाराज

थे। हालांकि चाचा जी निर्णय ले पाते नहीं थे और अमरीका प्रवास के कारण लोकल में सक्रियता संभव नहीं थी। बात मुकदमें तक आ गयी।

जैसी न्याय प्रक्रिया देश में है, मुकदमा डेढ दशक से चालू है। चाचा 75 पार और भतीजा 60 के करीब पहुंच चुके। स्वास्थ्य दोनों का साथ नहीं देता। चाचा जी को कुछ देसी दवाईयों से फायदा होता है और उनका इंतेजाम आज भी भतीजा ही करता है। मुकदमेंबाजी की वजह से परिवार में कड़वहाहट 90 के करीब पहुंच चुकी माता जी को अखरती थी। उम्र के लिहाज से स्वास्थ्य और बुद्धि ने माताजी का साथ नहीं छोड़ा था। एक दिन उन्होंने बच्चों को बुलाकर दिल्ली की प्रोपर्टी के मुकद्मे से पीछे हट जाने को कह दिया। माता जी की मानी जाती थी सो मानी गयी। तारीख पे जाना बंद कर दिया गया।

3-4 तारीख गुजरी और लगभग आधा साल। चाचाजी घर पर धमक पड़े। माताजी के चरण हुए, आशीर्वाद लिया और लगे बड़बड़ाने, "इस निक्कमे ने सब बेच खाया का? अब मुकद्मा लड़ने लायक पैसा भी नहीं छोड़ा क्या?" उन्होंने बताया कि इसे अब मुकद्मा नहीं लड़ना। इस पर वो और भड़क गए, "नहीं लड़ना था तो किया क्यूं था? हार-जीत तो अब कोर्ट में ही तय होगी। पैसे नहीं हैं तो मुझसे ले लें। मुकद्मा लड़! अमरीका गया हूं कमजोर नहीं हुआ! दया तो मत ही दिखा मुझ पर।"

छोटे बेटे का जवाब देने का मन बहुत था पर माताजी की मौजूदगी में बोला नहीं। माताजी ने कुछ कहा नहीं बस खाना पूछा और बिना जवाब लिए ही बहू को कुछ खास बनाने को कह दिया और बेटे को देसी दवाई लाने को। फिर घर-परिवार की बात शुरू हो गयी। थोड़ी देर में रसोई से खुशबू आने लगी। सबने डटकर खाना खाया। गुस्सा ठण्डा हुआ, पता नहीं, चाचा जी की आत्मा खाना खाकर तृप्त जरूर हो गयी। माता जी ने

कहा, "मुझसे मिलने आ जाया कर, पता नहीं कितने दिन और हूं।"

मुकदमें में अब भी कोई नहीं जाता। चाचाजी आते हैं कचहरी और एक्स पार्टी फैसला भी नहीं कराते। माता जी से मिलने घर भी आते हैं।

चाचाजी के बच्चे अमरीका में खूब कमा रहे हैं। बच्चों के बच्चे भी बड़े हो गए हैं। सबके काम हैं और सब व्यस्त हैं। शादी-ब्याह पर ही आना हो पाता था। मुकद्मे से हिल्ला और बहाना मिला था। शरीर अमरीका और मन अपने कस्बे में ही है।

50. रेल रिजर्वेशन

फील्ड से रेल रिजर्वेशन बड़ी महाभारत थी। आज भी है। उन दिनों तो ऑनलाईन भी नहीं होता था। जम्मू में जंग मचती थी। फौजी कोटा था पर जम्मू तो सारी फौज उतरती–चढ़ती थी। फिर छुट्टी या ड्यूटी हमेशा प्लान नहीं हो पाती थी। हाथ में ही नहीं होती थी किसी के भी। वहां बहुत कुछ एकाएक ही होता था। रेलवे वाले काफी सहयोग करते थे। कुछ सहयोग बदले में ही करते थे सो शिकायतें भी आती रहती रेलवे विभाग वालों की। रेल रिजर्वेशन को लेकर फौजियों के झगड़े भी आम थे। जो फौजी आ रहा होता था, वो जान जोखिम की जगह जा रहा होता था और जो जा रहा होता था, वो जान जोखिम की जगह से घर जा रहा होता था। दोनों की ही मानसिक स्थिति

विस्फोटक होती थी। कई बार तो बिना रस्सी भी सांप बन जाता था। हमारे मामले में तो सांप था।

मैं लगभग एक साल से कश्मीर में पहाड़ पर था जब कारगिल युद्ध छिड़ा। ज्यादातर डॉक्टर यूं भी सियाचिन जाते थे और मेरा तो तय था। कारगिल युद्ध में हाई एल्टीटयूटड एक्लेमेटाईज्ड लोगों खासकर डॉक्टरों की कमी थी। मैं ऊंचे पहाड़ों पर साल भर से था और डॉक्टर तो था ही। अपना नम्बर आ गया।

दोपहर में खबर आई कि कोई कैप्टन डॉक्टर साहब नीचे पल्टन के बेस में रिपोर्ट किये हैं। शाम को ऊपर पोस्ट पर पहुंचे तो पता चला रिलीवर हैं। 48 घंटे थे हैन्डिग टेकिंग के लिए। डॉक्टर साहब पुराने साथी थे और हैन्डिग टेकिंग कुछ खास नहीं थी। फिर फील्ड था और नर्सिंग असिस्टेंट भी था ही। मैंने सुबह ही निकलना तय किया। युद्ध कब तक चले, पता नहीं था। भाई साहब नौशेरा के आस–पास पोस्टेड थे। माता जी घर अकेली। युद्ध में क्या हो, कुछ नहीं कह सकते। माता जी से मिलकर जाना उचित लगा। काफी वक्त से छुट्टी गया नहीं था अतः कुछ दिन की कैजुअल लीव मिल भी गयी।

दिक्कत सिर्फ एक थी कि सामान काफी था और रेल रिजर्वेशन था नहीं। कोशिश की पर फौजी कोटे में मिला नहीं। जम्मू स्टेशन पर टी0टी0 से बात की। मैं फील्ड यूनीफार्म में था। उसने मूवमेन्ट आर्डर देखा तो बोला, ''आप तो युद्ध क्षेत्र जा रहे हैं।'' वो जोजिला दर्रे के पूर्वी क्षेत्र के भूगोल से खासा परिचित लगा। उसने बड़ा उत्साह दिखाया। मुझे निर्णायक सहायता की आशा बंधी। निर्णायक सहायता हुई भी।

उसने मुझे बैठने को सीट नम्बर`बताया और आशा से बोला, ''बोतल की सेवा तो आप लोग कर ही देते हैं।''

मैं गुस्से में उसे चलती ट्रेन से फेंक देने की धमकी देकर, सामान सहित बतायी सीट पर जम गया, मानो दुश्मन की पोस्ट पर कब्जा किया हो।

51. दूसरे की थाली

फौज की नौकरी में मेरी पैर की हड्डी फुटबाल में टूटी और मैं फौजी अस्पताल में जमा हुआ अफसर वार्ड में। पैर की हड्डी थी सो अस्पताल लम्बा रहना हुआ। उन दिनों मैं सरदारों की पल्टन के साथ था। पल्टन सहायक को अस्पताल दिन में भेज देती थी। नया खुशमिजाज जवान था। दिन में छोटे–मोटे काम कर लाता। वार्ड स्टाफ और मरीज अफसर भी पहचानने लगे। उनका छोटा–मोटा काम भी कर देता था खुशी से। इंफैन्ट्री से अलग उसके लिए फौजी अस्पताल नया अनुभव था।

पिंड के और पल्टन के किस्से बहुत थे उसके पास। फील्ड में और अस्पताल के बिस्तर पर सुनने का वक्त भी होता है। फिर वो दिल से सुनाता था। अस्पताल के 3–4 दिन बाद गम्भीर होकर बोला, ''साहब आपकी मेडिकल लाईन की नौकरी बढ़िया है! जवान की भी इज्जत है यहां। इंफैन्ट्री में तो ना जिन्दगी है न इज्जत, बस घास कटाई और गालियां।''

मुझे बात जंची। कहा कुछ नहीं पर सोचा काफी। हफ्ते में ही वार्ड स्टाफ को वो काफी पसन्द आने लगा था। चुस्त था, मददगार भी। उसे भी मजा आ रहा था। उसके लिए नई दुनिया थी।

हफ्ते बाद सिक लीव जाने लगा तो मैंने उससे ऐसे ही पूछा, ''इंफैन्ट्री छुड़वा कर अस्पताल में अटैच करवा दें?'' वो चौंका। चौंका क्या, घबरा सा गया। चमक के बोला, ''साडे वास्ते ते इंफैट्री ही ठीक हां। गेरू चूना करना है, घास कटनी हां, होर रेस लगाणी है, बस! ऐदर ते कई सौ गोलियों दा हिसाब रखणा पऊगा। माडी जई इधर उधर हो गयी ते वर्दी उतर जाणी है।

गेरू चूने ते गडबडी भी हो जाए तो हद तो हद छित्तर पिठ्ठु होर गालियां। बन्दूक की गोली ते ऐ गोली इंजेक्शन दा ज्यादा स्यापा है। असी इंफैन्ट्री तो ही चंगे हां।" उसकी तो सांस ही मानो अटक गयी।

उस दिन मुझे ट्रेन में बैठाकर उसने चैन की सांस ली।

डॉ0 (मेजर) हिमांशु

www.ingramcontent.com/pod-product-compliance
Lightning Source LLC
LaVergne TN
LVHW041947070526
838199LV00051BA/2938
9789359899794